ヤマケイ文庫

アイヌと神々の謡

カムイユカㇻと子守歌

kayano Shigeru
萱野　茂

Yamakei Library

アイヌに謡い継がれてきた楽しい物語

千葉大学文学部教授
「ゴールデンカムイ」アイヌ語監修者
中川　裕

アイヌ民族はさまざまな口承文芸を豊かに発展させた人たちであり、その中で物語的な内容を持ったものとしては、散文説話、神謡《しんよう》、英雄叙事詩《じょじし》という大きな三つのジャンルがある。このうち、散文説話については、本書の姉妹編である萱野茂《かやのしげる》『アイヌと神々の物語～炉端で聞いたウウェペケレ～』（ヤマケイ文庫）で紹介されているが、本書は萱野氏の収録・訳出した神謡と呼ばれるジャンルの口承文芸を中心に、一冊の本にまとめたものである。

神謡というのは、地方によってアイヌ語でカムイユカラとかオイナなどと呼ばれるものである。そのカムイユカラのカムイとユカラに、それぞれ「神」と「謡」という言葉を当てたのが神謡という訳語だが、日本にも周辺民族の口承文芸にも見られない、このユニークな物語の性格をよく言い表した名称であるので、それからまず説明していこう。

●鳥や虫、火も水もカムイ

カムイというのは、この世界の中で魂を持って活動している人間以外のものすべてを指す言葉で、本書でも「神」と訳されているが、日本語の「神様」という言葉よりはずっと広い意味を持っている。

たとえば、そこいらを歩いている人や猫などの動物、スズメやカラスなどの鳥、あるいはバッタやクモなどの虫たちもみんなカムイである。草や木もすべてカムイだし、本書にも火のカムイと水のカムイが争う話が出てくるが、私たちが生き物とはみなしていない火や水、雷などの自然現象も、それ自体がみんなカムイなのである。

そして、人間の手によってつくられた家や舟、臼《うす》や杵《きね》といった道具類にいたるまで、みんな魂を持っていて、人間と同じように笑ったり泣いたり、結婚したり嫉妬《しっと》したりして暮らしていると考えられている。

カムイユカラというのは、そのカムイの目を通して語られる物語である。

たとえば本書の「マムシが人助け」という話はこう始まっている。

「わたしの家は、太い太い風倒木《ふうとうぼく》。倒木の上端へ下端へ、私の細い尾で、ぴょんぴょんと立ち、暮らしていた」

「わたし」というのは、主人公のマムシのカムイである。つまりこの話はマムシが自分の体験したことを、物語として語っているのだ。

そこに、山の上からふたりの人間の若者が走ってくる。見ると、その後を化け物グマが追いかけてくる。そこでわたしは黄金の銛《もり》を抜いて、化け物グマめがけて投げつけた。するとクマは肉が溶けて骨だけになって崩れ落ちた。

ふたりの若者は村に戻ると、わたしに感謝の祈りやお酒などの贈り物を捧げてくれた。わたしはその贈り物で宴を開き、カムイたちを招待すると、彼らはわたしをたいそうほめたたえてくれ、わたしは豊かに暮らすことができたという物語である。黄金の銛というのは、もちろんマムシの毒牙《どくが》のことであり、その毒で悪いクマが退治されたのである。

この話は最後に「今いるマムシよ、人間をも、助けるものだ。してはならないことは、人間をからかうことや、かみつくことです」という言葉で締めくくられている。

マムシというと、多くの人は恐ろしい動物、怖い生き物というイメージしかないだろう。事実、昔のアイヌの人たちでもマムシなどのヘビを恐れる人は大勢いた。しかし、だからといってヘビを見かけたらすぐ殺したりしてはいけない。そんなことをするとカムイからひどい罰を与えられるという話もよく聞かれる。

この話は、人間とマムシ双方に対して、お互いに害を与えるようなことなく、敬い合って共存しなさいということを伝えているのである。

そしてそれを人間の視点からではなく、マムシの視点で物語として語っているところが、神謡というものの非常にユニークな点である。いわば人間をとりまく自然や環境の側からこの世界や人間を見ているわけで、このようなお話を物語として毎日聞いているうちに、子供たちはそういった動物や火や水などが人間と同じ心を持った存在であるという意識を強く持つようになり、それぞれのカムイにどう接したらよいかといった知恵を身につけていったのだろう。

●メロディに乗せて伝えられた物語

もうひとつのユカラという言葉は、英雄の活躍する叙事詩の呼び名としてよく知られているが、もともとは「真似る」という意味の動詞であり、またサハリン（樺太）では、「歌」という意味を表わしている。

カムイユカラというのは上で述べたように、カムイの真似をして、カムイになり代わって節《ふし》をつけて歌う物語である。そういう意味でユカラという言葉が使われているのであり、それに「謡」という訳が与えられてきた。

「謡」は「歌」とは違う。アイヌの口承文芸の中で、「歌」に相当するものは数多くあるが、それは基本的に節回し――歌声を聞かせるためのものであって、歌詞はその場で即興的に自分の思いを歌い上げるものであったり、歌い継がれているうちに意味不明になって、よくわからないものであったりする。つまり歌詞の内容を伝えることが重要なのではなく、声を出して歌うこと自体を楽しむためのものだと言ってよい。

それに対してカムイユカラは物語としての内容を伝えることが一番の目的であり、だから能の詞章《ししょう》を意味する謡曲の「謡」の字が当てられているのである。

しかしカムイユカラもまたメロディに乗せて歌われるものであり、ただ聞いているだけでは歌と区別はつかないだろう。節のないウエペケレ「散文説話・昔話」と違って、言葉がよくわからなくても聞いているだけでも楽しいし、真似をして自分で口にしてみるとなお楽しいものである。

本書を見ると、どの話でもほぼ一行おきに「ハラカッコッ」とか「トゥカナカナ」とか、謎の言葉が繰り返されている。その部分の日本語訳を見ても何も書いていない。実はこれはサケへと呼ばれるもので、「折り返し」と訳されることが多いが、このサケへを繰り返してその間に本文を挟んでいくというスタイルをとるのが、他のジャンルとは違うカムイユカㇻの独自の演じ方なのである。

たとえて言えば、ロシア民謡の「一週間」という歌では、「日曜日に市場へ行って紡錘《つむ》と麻を買ってきた」という、それぞれの曜日ごとの仕事を歌う歌詞の後に、毎回「テュリャテュリャテュリャテュリャテュリャテュリャリャ〜」という言葉が繰り返される。サケへというのはこの「テュリャテュリャ〜」のようなものだと思えばよい。

サケへはその神謡の主人公であるカムイが何者であるかを示すのが、もともとの大きな役割のひとつだったと思われる。たとえば、本書の「カケスとカラス」という話のサケへは「ハンチキキ」というものだが、この「チキキ」というのは、主人公のスズメの「チュンチュン」という鳴き声を表しているのであり、このサケへを聞いただけで、昔の人たちは「ああこの話はスズメのカムイの話だな」とすぐにわかっただろう。

あるいは「火の女神と水の女神のけんか」と題された物語のサケへは、「アペメルコヤンコヤンマッ　アテヤテンナ」という長いものだが、この「アペメルメルコヤンコヤンマッ」というのは「火の輝きがそこに上がり上がりする女神」という意味であり、火のカムイの本名だとも言われている。「アテヤテンナ」のほうは意味がわからないが、こちらもたいてい火のカムイを主人公とする神謡についているサケへであり、これを聞けば火のカムイの話だと思ってよい。

つまり、いわば落語家が高座に上がる時の出囃子《でばやし》のようなもので、それが鳴ると、「次に出るのは円生か」「お、いよいよ文楽の出番か」などといったことがわかるのと同じように、サケヘを聞けば、語り手が今何のカムイとして語っているのかがわかるというものであったのだろう。

ただし、本来はそうだったと思われるが、萱野茂氏の解説にあるとおり、多くの話のサケヘはもはやそれがどういう意味だったのかわからなくなっている。形が崩れて意味がわからなくなったり、かつては意味が明白だったものでも、もうその言葉を知っている人がいなくなってしまったりというようなことで、語り手自身にも何を指しているのかわからないまま、歌い継がれてきたものがたくさんあるのだと思われる。

このように説明したところで、文字からだけでは神謡がどんなふうに演じられるものかを理解するのは難しいが、現代はインターネットの発達によって、誰にでも音楽としての神謡に触れる場がある。

そのひとつが、公益財団法人アイヌ民族文化財団のホームページで公開されている、オルシペ　スウォプというコーナーである（https://www.ff-ainu.or.jp/web/learn/language/animation/index.html）。これは、一言でいえばアイヌの口承文芸をアニメ化したもので、神謡だけでなく、散文説話や英雄叙事詩などいろいろなものがそこに上げられているが、アイヌ語でも日本語でも見たり聞いたりすることができる。アニメとしても非常にバラエティにとんだ良質の作品が並んでおり、本書と合わせて見ると、神謡というものがどんなものか良く理解できる。その中には、主人公は違うが本書収録の「カケスとカラス」と同じ話も収録されている。

●世界はどんな仕組みで成り立っているのか

カムイユカラはこのように、自然の側、人間を取り巻く環境の側からこの世界を描いた物語であり、かつてのアイヌ民族の世界観に立って描かれている話である。だから、カムイユカラをじっくりと読み込んでいけば、昔のアイヌの人たちのものの考え方を理解することができる。

本書の「ムジナとクマ」という話を例にとろう。主人公はムジナ（タヌキ）で、おじいさんと一緒に暮らしているが、そのおじいさんがすっかり年をとってしまったので、アイヌのところへ客として行きたくなった、というところから話が始まる。

このおじいさんというのはクマのことだが、クマの冬眠する穴の中にムジナが一緒に入りこんでいることがあるそうで、萱野氏の解説にあるように、ムジナは「クマ神の飯炊きなので、顔に炭がついて顔が黒いものだ」と考えられているので、こういう話ができあがったのだと思われる。

アイヌのところへ客として行きたくなったというのは、「アイヌの所へ客として行くことによって若返ることができるために」と解説されているが、これは人間とその獲物となる動物との関係を示す重要な考え方である。つまり、クマがカムイ「神」であるのなら、なぜそれを人間は殺して食べてよいのかという疑問に対する答えがここにある。

アイヌの伝統的な考え方で言えば、それは動物のほうから人間のもとへ客としてやってくる行為なのである。そして、動物たちはその肉と毛皮を土産《みやげ》として人間に与え、人間はそのお礼にお酒や米の団子などの御馳走《ごちそう》や、ヤナギなどの木を削って作ったイナウという御幣《ごへい》などを動物たちに捧げ、その魂をカムイの世界に送り返すのである。

そのようにしてもとの世界に戻った動物たちは、人間たちから贈られたもので良い暮らしをし、再び若い肉体を身にまとって、人間世界を訪れる。狩というものは、そのような人間と動物の相互利益をもたらす行為だと考えられていた。

だから、クマのおじいさんは、わざわざ古い土を内側に入れて、新しい土を外へ出すようにムジナに言いつける。ふたりの住んでいるのは山の中のクマの巣穴であり、その穴の外に新しい土が出ていたら、人間たちはそこに今年クマが冬眠していることを知って、狩にやってくる、つまり客として迎えにくるからである。

外に出たクマとムジナは人間に矢を射られて死んでしまうのだが、話はそのまま途切れずに続いていく。死んだのは肉体だけであり、魂のほうは不滅であるので、ムジナはそのまま自分の目でみたことを語り続けていくからである。

このように、このひとつの話からでも、かつてのアイヌの人たちの考え方を読み取ることができる。本書の物語の数々はお話として面白いだけでなく、今私たちが見ているのとは違うこの世界の見方をそこから教えてくれるのである。

カムイユカラというのは、かつてのアイヌの人たちにとって歌のように歌われる楽しい物語であり、同時にこの世界の仕組みを教えてくれる大切な教科書だったのである。

アイヌと神々の謡

カムイユカラと子守歌

もくじ

本書は、1988年5月に発刊された『カムイユカラと昔話』（小学館）から、「カムイユカラ」を抄録し、改題のうえ文庫化したものです。

アイヌと神々の世界

カムイユカラ（神謡《しんよう》）の芸術《げいじゅつ》空間

アイヌの韻文《いんぶん》の分野は、大きく叙事詩《じょじ》と抒情詩《じょじょう》に分かれます。叙事詩の代表的なものにユカラ（叙事詩）があり、沙流川《さるがわ》地方では次の種類があります。

○カムイユカラ（神謡《しんよう》）
○ユカラ（英雄叙事詩）
○メノコユカラ（女が語る叙事詩）

カムイユカラとは、神の方からアイヌへ、だからこうしてほしいなどと注文が盛《も》りこまれている場合と、単に神が神自身のことを語る二通りがあります。

神からの注文の場合は、サケを捕《と》ったら頭をたたくのに石とか朽《く》ち木のようなものでたたいてはいけない。頭をたたくのに用いられたものを、サケたちはお土産《みやげ》として神の国へ持ち帰ることになっているので、変なものでたたくと、それをくわえてサケたちは泣《な》きながら神の国へ戻《もど》ってくる。だからきれいな棒《ぼう》で頭をたたきなさい、というわけです。

神が神自身を語る場合は、神もお前たちアイヌと同じに暮《く》らしている、と神の国での生活の様子を語り聞かせるという具合です。

どちらのカムイユカㇻも、サケへという繰《く》り返しの言葉が入っていて、一言いっては繰り返し言葉、と続きます。サケへには、長いものになると、「トゥノヤケ　レノヤケ　クトゥンケ　カムイケ　カムイチカッポ　フムフムフムー」と実に三十二文字という長いものもあります。

サケへには意味のないものの方が多く、無理《むり》をして逐語訳《ちくご》をつけてつけられないことはないのですが、このまま言葉の空間としておきたいものです。しかし、この長いサケへのように、カムイチカッポ（フクロウ）と、はっきり意味のある言葉をいう場合もあるわけです。このカムイユカㇻの長いサケへは、カムイチカッポが、オキクㇽミカムイに自分の子どもを授《さず》ける話のものです（西島てるフチ所伝）。ほかにももう一つ長いサケへ、「ハントックリワッカローロ」（十二文字）というのもありました。本書に収録されていますが、「アペメルコヤンコヤンマッ　アテヤテンナ」（十八文字）で『火の女神《めがみ》と水の女神のけんか』（391ページ）のものです。

また、本書収録作品から主なサケへをあげると、『ムジナとクマ』の「トロロフムポ」、『カケスとカラス』の「ハンナキキ」、『ホタルの婿《むこ》選び』の「トゥカナカナ」、『私の夫は』の「ノウワオオウー」などがあります。

こうしてみると、サケへの言葉はカムイユカㇻの作品ごとにそれぞれ違《ちが》うので、かなり多くあるものですが、サケへのもつ意味はなんなのでしょう。

アイヌ語で育った私にしてみると、サケへはなんとものどかに聞こえるものですが、和訳《わやく》してしまうと、そののどかさを伝えることができず、残念に思います。のどかさのほかに何があったのでしょうか。今になってみると、軽々しく、こういう意味があるなどと、もっともらしく知ったかぶりの理由づけはしない方がいいと思います。

ただいえることは、昔は山へ行くと大牧場に放牧されたかのようなシカの群《む》れ、川へ行くと川水が盛《も》り上がるほどにサケが川を上ってきていました。一回山か川へ食料をもらいに行ってくると、あとはあり余《あま》るほどの暇《ひま》があったことは想像《そうぞう》できます。

一言いっては、三十二文字の間《ま》、あるいは空間。絵画・彫刻《ちょうこく》・建築《けんちく》にある空間が芸《げい》術《じゅつ》の重要な要素《ようそ》とするならば、言葉の空間、サケへという繰り返し言葉の空間は、芸術の重要な要素といえそうな気がしてならないのです。

ユカㇻ（英雄叙事詩《じょじ》）とメノコユカㇻ（女が語る叙事詩）

ユカㇻという言葉は、「イ（それを）、ユカㇻ（模倣《もほう》）・再現《さいげん》」で、本来はまねるという意味で、「○○さんがしゃべったユカㇻを私はまねして、皆様《みなさま》にお聞かせしよう」というものでした。「ユーカラ」と表記する本もありますが、アイヌたちはユーカラとはいいません。

しかし、単にまねるだけではなしに、「私に聞かせてくれた人はあのように表現《ひょうげん》したが、私はそれより上手《じょうず》にしゃべることにしよう」。こうして次から次と人の口から耳へ、耳から口と渡《わた》り歩いているうちにユカㇻは一つの物語として完成されたもの、と私は思っています。

ユカㇻはレㇷ゚ニという棒《ぼう》を手に持ち、軽く炉縁《ろぶち》をたたきながら男が語ります。

「イレスーサーポ、イレシパーヒーネ　ウラムマーカーネ　オカヤーニーケ（私を育てる姉、私を育て　いつものように　私はいたら）」。

これを女が語るときは、「イレスサポ　イレシパヒネ、ラムマカネ　オカヤニケ」と早口でいい、これをルパイェ（さっと行く）といいます。話の筋《すじ》書きはまったく同じでありながら、語る調子が違《ちが》うわけで、女が語るのでメノコユカㇻ（女が語る叙事詩）ともいわれるのです。

少年時代、私の家の左隣《どなり》のおろあっのというフチが、このメノコユカㇻを上手にいうのでよく聞いたものでした。しかし、昭和三十年代までは女がレㇷ゚ニを持ってユカㇻをすることは、いけないことでした。

そのうちに、男でユカラをやれる人がいなくなるにつれて、女が男と同じにレプニを持ち、ユカラをしはじめて現在《げんざい》に至《いた》ったのです。

物語の内容《ないよう》はポンヤウンペという少年英雄が、波乱《はらん》に満ちた一生を送る様子を語ります。短いもので四千語から五千語、長編《ちょうへん》になると二万語から三万語に及《およ》ぶものも珍《めずら》しくありません。したがって、本書には所収していません。

北海道の東の方ではユカラをサコロペといいますが、話の筋は同じと聞いています。

本書のメノコユカラ『許嫁《いいなずけ》のちんちんが』は、雄大《ゆうだい》なユカラの一部分ですが、短編として話がまとまっており、木村こぬまたんフチが語ってくれましたので、収録《しゅうろく》しました。

イヨンノッカ（子守歌）

子守歌のことを沙流川《さるがわ》アイヌはイヨンノッカといいます。旭川《あさひかわ》アイヌではイフンケといい、イフンケという言葉は沙流川では人をのろうという意味になり、これほど極端《きょくたん》な違いは珍しい例です。静内《しずない》アイヌは子守歌をイヨンルイカといっています。

イヨンノッカには決まった歌詞《かし》は少なく、泣《な》く子をイエオマプ（おぶい紐《ひも》）で背負《せお》い、あるいはシンタという揺《ゆ》すり台に乗せ、思いのまま詩を作って歌います。歌詞の内容のほとんどは泣くと恐《おそ》ろしい鳥が来るぞとか、泣かずに眠《ねむ》ると偉《えら》い人になれるなど、脅《おど》し半分に、おだて半分のものです。意味はないのですが口蓋音《こうがいおん》である「ルルルルル」という音だけでもイヨンノッカといいます。二谷かよフチが聞かせてくれたもので、

「カントオㇿワランペヘ、モコンスルイネーヤ、トイカワヘトゥクペ　モコンルスイネーヤ……（天から降《お》りるものが　眠りであろうか　地からわき出るものが　眠りだろうか……）

などという歌詞もあり、イヨンノッカはその人によりいろいろとあります。いちばん多くイヨンノッカを聞かせてくれるのはフチであろうと思います。

おしまいに、これら様々な物語や子守歌の歌詞がアイヌの子どもたちの人格《じんかく》形成に、どのような影響《えいきょう》を与《あた》えたかといえば、計り知れないものがあります。

「アイヌオッタカ、カムイオッタカ　アウコエヤムペ　ヘカッタㇻ　オンネプ　メノコネルウエネ（人間の国でも、神の所でも、特別《とくべつ》大切にされるのは、子どもと老人と女だよ）」

などなど、人を愛する優《やさ》しい心が養われ、自分だけが幸せであればというものではなく、地域《ちいき》全体が満ち足りる、それが取りも直さず自らの幸せの基《もと》になると教えられました。

そのような意味でも、アイヌ語で育ったものが採録《さいろく》し、内なる言葉から日本語訳《やく》をしたこれらの物語は、アイヌ文化保存継承《ほぞんけいしょう》に、あるいはその文化を知ろうとされる方々に、またとない資料《しりょう》になると自負したいところです。

カムイユカラなどは、とくにゆったりとした気持ちで語ってもらうと、言葉の命がよみがえり、アイヌ語が囲炉裏端《いろりばた》を走り回ります。アイヌ語がもっと広く、力強くこのアイヌモシリを走り回る日が再び来るといいなあと考えています。

カムイユカㇻ凡例

◎カムイユカㇻは右ページを日本語訳、左ページをアイヌ語の本文とした。各ページの下段には注釈《ちゅうしゃく》を置いた。

一．アイヌ語の本文の表記は片仮名《かたかな》で、採録《さいろく》テープから聞こえる音を忠実《ちゅうじつ》に移《うつ》した。語り手が明らかに記憶違《きおくちが》い、言いまちがいをしている場合でも、そのまま表記し、注釈欄《らん》で訂正《ていせい》・補足《ほそく》した（将来《しょうらい》アイヌ語を習いたい人たちが採録テープと照合した時、混乱《こんらん》しないために）。

二．アイヌ語の本文は「シンリッ・オルン」のように、一語ずつ中黒を入れた。しかし、「チョマンテコロ」のように、前後の言葉が抱合《ほうごう》語化しているものは、もとの形の「チ・オマンテ・コロ」とはせず、中黒も入れていない。なお、アイヌ語の中で、小文字（ユカㇻのㇻ、オキクㇽミのㇽなど）で表記されている語は、いずれも口の中で軽く発音するもの。

三．訳文とアイヌ語本文とは、その位置が必ずしも一致《いっち》していない。訳すにあたって、日本語の言葉の流れをよくするため、三行から五行くらい先取り、あるいは後の行へ移した場合がある。

四．注釈は、アイヌ語の逐語《ちくご》訳を中心に、アイヌの風習、カムイユカㇻの特徴《とくちょう》、鑑賞《かんしょう》のポイントなどについて記した。

カムイユカラ

カッコウ鳥と
ポンオキクルミ

カッコウ姉と
ヤマバト姉が
私[*1]を育て
私は暮《く》らしていた
ヤマバトの子どもたちと
カッコウ鳥の子どもたちと
私は一《いっ》緒《しょ》に
遊んでいると

＊1「私」とだけで、主人公が誰なのかわからない。聞き手は、カッコウ姉たちの言動で、主人公を想像し、最後にオキクルミであることがわかる、カムイユカラの典型的な構成。

ハラカッコッ
[*2]カッコッサポ
　ハラカッコッ
[*3]トゥトゥッ・サポ
　ハラカッコッ
イ・レシパ・キワ
　ハラカッコッ
オカ・アン・ヒケ
　ハラカッコッ
ポン・トットッ・ウタラ
　ハラカッコッ
ポン・カッコッ・ウタラ
　ハラカッコッ
トゥラノ・ネシ
　ハラカッコッ
シノッ・タン・アクス

＊2 アイヌはカッコウ（郭公）をカッコッという。ユカㇻなどにこの鳥が出てくる時は、一人の男がとうとうとしゃべるその様子を、カッコッ ハウ ネ（まるでカッコウが声を出しているように）と描写している。雄弁の象徴と考えていたか。

＊3 ヤマバト（山鳩）をトゥトゥッというが、いずれも鳴き声から命名したか。

その子どもらがいうことには
お前は人間の子[*4]
大地をも
草原をも
焼きつくす
人間の子どもが
お前なのだと
私にいった

*4 小鳥たちの側から見ると、人間は火という恐ろしいものをもっていて、大地も草原も焼きつくしてしまう存在であった。それで、一緒に育てられているヤマバトの子や、カッコウの子が、人間の子であるポンオキクルミに、そのことをからかい半分にいった。

ハラカッコッ
エネ・ハウェオカ・ヒ
ハラカッコッ
ケライ・ネプ・クスン
ハラカッコッ
トイ・シッ・チレ
ハラカッコッ
ムン・シッ・チレ
ハラカッコッ
エペ・ヌプル・ペ[*5]
ハラカッコッ
ネプ・ネクス
ハラカッコッ
イキ・パ・セコロ[*6]
ハラカッコッ
イ・イェ・パ・ヒケ

＊5 エペヌプルペ　語り手の記憶違いで、正しくはエエヌプルペ。エ（お前）、エ（それ）、ヌプル（呪術）、ペ（もの）。
＊6 イキパセコロ　イキ（する）、パ（それら）、セコロ（と）。

なんとまあ
腹《はら》の立つことを
いわれたものだ
誰《だれ》の血統《けつとう》が
なんの末裔《まつえい》[*7]が
私で　このように
育てられて
いるのだろうか

*7　一人前のアイヌは、自分の先祖の名前を数代あるいは数十代知っていることを、誇りにさえ思っていた。

ハラカッコッ
イネアプクスン
ハラカッコッ
ア・ルシカ・クス
ハラカッコッ
フマスヤカ
ハラカッコッ
ネプ・タイペ・ヘ*8
ハラカッコッ
ネプ・サニケ
ハラカッコッ
ア・ネ・ワ・クス
ハラカッコッ
アイ・レス・ルウェ
ハラカッコッ
ネ・ワ・クス

*8 ネプタイペへ（誰の血統が）。ネプ（何）、タイペ（血統）、へ（で）。アイヌは氏、素性が確かであるということを大事にするので、他のコタン（村）を訪問した時に、自己紹介をする場合も、父や母の名をきちんということになっている。ここは、ポンオキクルミが自分の血統を知らないので、それを嘆いている。

そう思った
私は
それからというもの
大声で泣《な》きわめき
その泣き声
夜も昼も
絶《た》え間《ま》なく
いるうちに

ハラカッコッ
ハワシ・セーコロ[*9]
ハラカッコッ
ヤイヌ・アン・クス
ハラカッコッ
オロワーノ
ハラカッコッ
タン・パラパラッ[*10]
ハラカッコッ
ア・エ・サナニニ[*11]
ハラカッコッ
クンネ・ヘネ[*12]
ハラカッコッ
トカプ・ヘーネ[*13]
ハラカッコッ
チサナイネ

＊9 ハワシセーコロ　ハウ（声）、アシ（ある）、セーコロ（と）。

＊10 タンパラパラッ　タアン（これある）は、話す時は、タンになる。パラパラッ（泣きわめく）。普通に泣く時はチシ（泣く）だが、この場合は普通でないので、パラパラッと言葉を強めていう。

＊11 アエサナニニ　ア（私）、エ（それ）、サナニニ（外側）。できるだけ高い声で、家の外の人々へ聞こえるように泣くこと。

＊12 クンネヘネ　クンネ（黒い＝夜）、ヘネ（など）。

＊13 トカプヘーネ　トカプ（日中）、ヘーネ（など）。

育ての姉
カッコウ姉
神の玉飾《かざ》りを
持ち出した
前の方に
六本の縦《たて》糸
後の方に
六本の縦糸

ハラカッコッ
ア・コロ・サポ
ハラカッコッ
カッコッ・サポ
ハラカッコッ
カムイ・タマ・サイ[*14]
ハラカッコッ
サナ・サプテー
ハラカッコッ
ヘサシ・アトゥ
ハラカッコッ
イワン・アッ・エ・リキン[*15]
ハラカッコッ
ヘマカシ・アトゥ
ハラカッコッ
イワン・アッ・エリキン

＊14 カムイタマサイ　カムイ（神）、タマ（玉）、サイ（連なる）。神の首飾りのこと。
＊15 イワンアッエリキン　イワン（六つ）、アッ（玉に通してある糸）、エ（それ）、リキン（上がる）。普通の玉飾りは一本から三本ぐらいの糸に玉を通してあるが、ここのは縦糸が六本もある立派な玉飾り。六という数字は、手の指五本で数えきれないところから、たくさんという意味にもなる。

神の玉飾り
真ん中に
円鏡が下がった
玉飾りを私に
カッコウ姉がくれながら
この首飾りを
私が育てた
偉《えら》い[*16]お方にあげますので

＊16　ポンオキクルミのこと。ポン（小さい）。オキクルミという人は、天の国からアイヌの国へ降りてきて、アイヌにいろいろと生活の仕方を教えてくれた神。神ではあるが人間と同じ生活をしていた。それで、アイヌラックル（人間の味のする人）ともいった。

ハラカッコッ
カムイ・タマ・サイ
ハラカッコッ
ノシケ・へ
ハラカッコッ
ポロ・シトーキ[*17]
ハラカッコッ
エオコッ・カネプ
ハラカッコッ
イ・コレ・キコロ[*18]
ハラカッコッ
タンペ・ターシ
ハラカッコッ
ア・レシパ・ピト
ハラカッコッ
アイ・コレ・クㇱネナ

＊17 シトーキ　円鏡。日本本土から渡来した鏡には錫などのものがあり、アイヌが自分で作ったものには、小型の木鉢のふたにブリキを埋めたものもある。
＊18 イコレキコロ　イ（私に）、コレ（くれる）、キ（する）、コロ（ながら）。ポンオキクルミにカッコウ姉が玉飾りを渡しながら、長泣きをやめてくれという。

お願いだから長泣《な》きを
やめてください
そ[19]のようにいわれたので
その玉をさっとばかり
奪《うば》い取り縦《たて》糸の輪を
足で踏《ふ》み両方の手で
ぐいっとばかり
玉の糸を引きちぎった

＊19 以下、またオキクルミの行動。

ハラカッコッ
イテキ・チシワ
ハラカッコッ
イ・コレ・ヤン・セコロ
ハラカッコッ
ハウェアン・ヒケ
ハラカッコッ
ア[*20]・テッサイカレ
ハラカッコッ
アッ・ニコロ
ハラカッコッ
ア[*21]・ウレ・クㇱパレ
ハラカッコッ
ア[*22]・トゥイパ・トゥイパ
ハラカッコッ
キ・ワ・イサム

＊20 アテッサイカレ　ア（私）、テッサイカレ（さっと取る）。

＊21 アウレクㇱパレ　ア（私）、ウレ（足）、クㇱパ（通す）、レ（させる）。渡された玉飾りの糸の所を足で踏み、両手で引きちぎる。

＊22 アトゥイパトゥイパ　ア（それ）、トゥイパトゥイパ（切る）。普通の場合の切るはトゥイパ（切る）と一回でいいが、このように力を入れていう時は、トゥイパトゥイパと二回いう。切ることをトゥイエともいう。

それを見た
ヤマバト姉が
二つのいいこと
三つのいいこと
教え諭《さと》して
くれながら
神が用いる
玉飾《かざ》り

ハラカッコッ
アナナクス
ハラカッコッ
エネ・イターキ
ハラカッコッ
トゥトゥッ・サポ
ハラカッコッ
アリ・コーラチ
ハラカッコッ
トゥ[*23]・ピリカ・クニプ
ハラカッコッ
レ・ピリカ・クーニプ
ハラカッコッ
イ[*24]・イェ・パカシヌ・コロ
ハラカッコッ
カムイ・タマ・サイ

＊23　トゥピリカクニプ　トゥ（二つ）、ピリカ（いい）、クニ（であろう）、プ（もの）。いろいろといい話を教え聞かせてくれる、の意。
＊24　イイェパカシヌコロ　イ（私に）、エパカシヌ（教える）、コロ（ながら）。

カッコウ姉が出したものと
同じものを
私にくれたので
さっとばかり奪い取って
縦《たて》糸の輪を
足で踏《ふ》みさっとばかり
引きちぎり玉の粒《つぶ》を
家いっぱいに

ハラカッコッ
ヘサシ・アトゥ
ハラカッコッ
エ[*25]・リキン・クニㇷ゚
ハラカッコッ
イ[*26]・コレ・コロカ
ハラカッコッ
ア[*27]・テッサイカレ
ハラカッコッ
ア[*28]ッ・ニコロ
ハラカッコッ
ア・ウレ・クㇱパレ
ハラカッコッ
ア・トゥイパ・トゥイパ
ハラカッコッ
ア[*29]ムソ・クㇽカ

＊25 エリキンクニㇷ゚　エ（それ）、リキン（上がる）、クニㇷ゚（である）。
＊26 イコレコロカ　イ（私）、コレ（くれる）、コロカ（けれども）。
＊27 アテッサイカレ　ゆっくり取る時はウッというが、このように早い動きがある時はテッサイカレという。
＊28 アッニコロ　アッ（縦糸、玉を通してある糸）、ニコロ（ひだ。糸の輪）。
＊29 アムソクㇽカ　アム（眠る）、ソ（座）、クㇽカ（上）。直訳すると、眠る座の上へ、となる。ここでいうアムソは眠る部屋、寝る所。つまり部屋いっぱい、という意。子どもを眠らす場合にはアムテ（眠らす）という。

まき散らした
それを見た
カッコウ姉がいった言葉は
次のようなものであった
お前[*30]がいたので
私たちの小さい子ども
カッコウたちの小さい子ども
ヤマバトたちが

＊30　ポンオキクルミを育てるために、自分たちの子どもは殺してしまった。

ハラカッコッ
ア[*31]・エ・チャリチャリ
ハラカッコッ
ア・キ・アクス
ハラカッコッ
カッコッ・サポ
ハラカッコッ
エネ・イタキ
ハラカッコッ
エ・アン・クシタㇷ゚ネ
ハラカッコッ
ア[*32]・ポ・ウタリ
ハラカッコッ
ポン・カッコッ・ウタㇻ
ハラカッコッ
ポン・トゥトゥッ・ウタㇻ

＊31　アエチャリチャリ　ア（それ）、チャリチャリ（まき散らす）。ただ散らかすにはチャリというが、語意を強める場合はチャリチャリという。
＊32　アポウタリ　ア（私ども）、ポ（子ども）ウタリ（仲間、親戚）。北海道のアイヌの人々の組織に、北海道ウタリ協会（現・公益社団法人北海道アイヌ協会）がある。

大地を焼く者といったので
お前は泣《な》きはじめた
それで私[*33]たちは自分の手で
小さい子どもらの首をひねって
殺してしまった
それでもお前は泣きやまない
こうなったらお前の生い立ち
聞かせよう

*33 カッコウ姉とヤマバト姉。

ハラカッコッ
ネノ・イェ・パ・クス[*34]
ハラカッコッ
チサナイネ
ハラカッコッ
オピッタ
ハラカッコッ
レクチ・ノイパ・ノイパ・ワ[*35]
ハラカッコッ
イサム
ハラカッコッ
キ・パ・ロッペ
ハラカッコッ
エ・アン・クシタプネ
ハラカッコッ
テエタ・カーネ[*36]

＊34　ネノイェパクス　ネノ（そう）、イェ（いう）、パ（それら）。クス（ため）。祖先に「大地をも草原をも焼きつくす血統」とヤマバト姉やカッコウ姉の子どもたちにポンオキクルミがからかわれ、その言葉に腹を立てて長泣きをしている。

＊35　レクチノイパノィパワ　レクチ（首）、ノィパノィパ（ねじる）。ワ（して）。ポンオキクルミが泣きやまないので、親であるカッコウ姉やヤマバト姉は、おわびの印に自分の子どもたちの首をねじって殺してしまう。おわびというのは、子どもたちがポンオキクルミをからかったから。

＊36　テエタカーネ　テエタ（ずうっと前）、カーネ（に）。カーネとのばすと、ずうっと以前に、カネとのばさなければ、「少し前に」の「に」になる。

ずうっと昔神の国土に
カッコウ神と
ヤマバト神とが
私たちで神の国から
アイヌの国へ
降《お》ろされて
来たその時に
雲が大地へ突《つ》きささる

ハラカッコッ
カムイ・モシッタ
ハラカッコッ
カッコッ・トノ[*37]
ハラカッコッ
トゥトゥッ・トノ
ハラカッコッ
ア・ネ・パ・ヒネ
ハラカッコッ
アイヌ・モシリ
ハラカッコッ
アイヨ・ラプテ[*38]
ハラカッコッ
ネヒ・オロタ
ハラカッコッ
ニソ・シッ・チウェ[*39]

＊37 トノ　殿。
＊38 アイヨラプテ　アイ（私たち）、ラプテ（降臨、降ろされる）。天の国からアイヌの国へ、カッコウやヤマバトが降りてくる時には、もっと位の高い神がいて、その神の命令によってカッコウたちは降ろされてくるもの、とアイヌは考えていた。夏の間だけ声が聞こえるカッコウやヤマバトは、別の国、アイヌが思う天上界から来ていると信じていた。
＊39 ニソシッチウェ　ニシ(雲)、オ(それ)、シッ（大地）、チュー（刺す）、ウエ（所）。逐語訳をするとこのようになるが、話すとニソシッチウェとなる。

そのまた向こうのことであった
恐《おそ》ろしい
鬼《おに》がいて
お前の父がもつ度胸《どきょう》
お前の父がもつ器量
それをねたんだ鬼どもが
お前の父を
殺そうとして

ハラカッコッ
イマカケタ[*40]
ハラカッコッ
ニッネカムイ[*41]
ハラカッコッ
アラ・ウェン・カムイ
ハラカッコッ
カムイ・エ・オナ
ハラカッコッ
コン・ラメトッ[*42]
ハラカッコッ
コロ・ピリカ[*43]
ハラカッコッ
エ・ケシケクス[*44]
ハラカッコッ
コイキ・クス[*45]

＊40 イマカケタ　イマカケ（その向こう）、タ（に）。
＊41 ニッネカムイ　ニッネ（堅い）、カムイ（神）。鬼をそのように呼ぶが、同じ鬼でも日本風の鬼よりもずうっと体が大きい。カムイユカㇻや昔話に、クジラを一頭そのまま片手に下げて、人間三人を小脇に抱えて岩山をすたすたと登って、と出てくる。
＊42 コンラメトッ　コロ（持つ）、ラメトッ（度胸）。
＊43 コロピリカ　コロ（持つ）、ピリカ（器量がよい）。
＊44 エケシケクス　エ（それ）、ケシケ（のろう）、クス（ため）。
＊45 コイキクス　コイキ（いじめ）、クス（ため）。

アイヌの国土へやって来た
その時に
お前の父が私たちへ
あなたたちほど
愛《あい》情《じょう》のある者
ほかにはいない
この子どもを育ててほしい
そのように頼《たの》まれたので

ハラカッコッ
ヤプ・ルウェ・ネ
ハラカッコッ
エヌネヒケ
ハラカッコッ
ネヒ・オロタ
ハラカッコッ
パクノ・エアシリ
ハラカッコッ
イヨマプ・ルイペ[*46]
ハラカッコッ
イサム・クニプ
ハラカッコッ
ア・ネプ・ネクス
ハラカッコッ
アイ・レス・ポカ

＊46　イヨマプルイペ　イ（それ）、オマプ（かわいがる）、ルイ（強い）、ぺ（者）。オマプというのは、子どもをかわいがることをいう。

自分の子どもら犠《ぎ》牲《せい》にしてまで
お前を今まで育ててきて
このくらい大きくなり
私の子どもらが
いった言葉を
いつまでも恨《うら》みに思い
腹《はら》を立てて
泣《な》きやまない

ハラカッコッ
エ・ヤイ・コラム
ハラカッコッ
ペ[*47]テッネ・アイネ
ハラカッコッ
パクノ・エ・ポロプ
ハラカッコッ
ア・ポ・ウタリ
ハラカッコッ
ネノ・ハウェ・オカ
ハラカッコッ
ネ[*48]ワ・アンペ
ハラカッコッ
エ[*49]・ルシカ・クス
ハラカッコッ
エ・イキ・ワクシ

＊47 ペテッネアイネ　ペテッネ（思いがかじかむ）、アイネ（そして）。寒い時に手がかじかむことを、テケペテッネという。酒を飲んでろれつが回らないことを、パロペテッネ（口がかじかむ）という。ここは、ヤマバト姉とカッコウ姉は、人間の子どもであるポンオキクルミを育てるために、自分たちの思いや行動がかじかみながら、つまり制限して、犠牲にして育てた、という意。

＊48 ネワアンペ　ネワアン（それある）、ペ（もの）。

＊49 エルシカクス　エ（お前）、ルシカ（怒る）、クス（ため）。それによってお前が怒る。

私たちは自分の子どもを
殺してまで
お前におわびを
しているのに
それでもお前が
そうするので
私たちは湿地《しっち》の国
恐《おそ》ろしい国へ

ハラカッコッ
ア・ポ・ウタリ
ハラカッコッ
ア[*50]・ロンヌ・キワ
ハラカッコッ
イ[*51]サム・キ・ヒケ
ハラカッコッ
ネ[*52]ウン・ア・イェ・ヤッカ
ハラカッコッ
エ・コパン・キワ
ハラカッコッ
ナニ・ネノ・エ・イキ・ヤッ
ハラカッコッ
ア[*53]ッ・テイネ・シリ
ハラカッコッ
アラ・ウェン・モシリ

＊50 アロンヌキワ　ア（それ）、ロンヌ（殺す）、キワ（して）。
＊51 イサムキヒケ　イサム（いない）、キ（する）、ヒケ（そして）。
＊52 ネウンアイェヤッカ　ネウン（なんと）、ア（私）、イェ（いう）、ヤッカ（けれど）。
＊53 アッテイネシリ　アッ（まったく）、テイネ（ぬれる）、シㇼ（所）。アイヌの考えによれば、目に見えるこの大地とは別に、裏側の国があって、その国は、この国土に悪さをした者ども、それは人間でも獣でも、神でさえも追放される所となっている。別のいい方をポㇰナモシリ（裏側の国土）ともいう。

け落とされる
ことになって
しまったのです
今はもう
私たちは
悪い神にされてしまい
悪い国土へ
行くけれど

ハラカッコッ
アイ・コ・キル[*54]
ハラカッコッ
キ・クス・ネ
ハラカッコッ
キ・クス・ネ・セコロ
ハラカッコッ
ハワシ・クース
ハラカッコッ
タネアナッネ
ハラカッコッ
アラ・ウェン・カムイ・ネ
ハラカッコッ
アラ・ウェン・モシリ[*55]
ハラカッコッ
ア・エ・コ・キリパ・ヤッカ[*56]

＊54　アイコキル　アイ（私たち）、コ（それ）、キル（向ける）。そこへ向けて行かされる、けり落とされる。国立公園の釧路湿原は、所によって馬でもクマでもシカでも、生きたまま沈んでしまう恐ろしい場所。したがって、アイヌは悪い神を追放する格好の所はティネシリ（湿地、ぬれた大地）と考えていた。

＊55　アラウェンモシリ　アラ（まったく）、ウェン（悪い）、モシリ（国土）。人も獣も住めない砂漠のような所であり、アイヌたちの想像上の国土であった。

＊56　アエコキリパヤッカ　ア（私）、エ（それ）、コ（に）、キリパ（向ける）、ヤッカ（でも）。私どもカッコウとヤマバト、二人の女が。

神の所へ
私たちは
行ってから
神の国から
お前を悪い国へ
悪いコタン（村）へ
向けてやるので
一人で泣《な》いているがよい

ハラカッコッ
カムイ・オッタ
ハラカッコッ
ア・リワッ・モシリ[*57]
ハラカッコッ
ア・パイェ・キワ
ハラカッコッ
カムイ・モシリ・ワノ
ハラカッコッ
アラ・ウェン・モシリ
ハラカッコッ
アラ・ウェン・コタン
ハラカッコッ
アイ・コ・キルプ・ネナ
ハラカッコッ
セコロ・イタッ・コロ

＊57 アリワッモシリ　ア（私たち）、リワッ（鎮座）、モ（静か）、シリ（所）。私たちが鎮座することになっている国土。リワッというのは、神が鎮座する所、という意。

そういいながら二人の姉
さっとばかり立ち上がって
死《しに》装束《しょうぞく》に
身を固め
カッコウ姉と
ヤマバト姉
二人の者は
敷物《しきもの》のごみを

ハラカッコッ
マッコサンパ[*58]
ハラカッコッ
イサム・ペ・シユッ[*59]
ハラカッコッ
ライ・ペ・シユッ[*60]
ハラカッコッ
キワ・オラー[*61]
ハラカッコッ
カッコッ・サポ
ハラカッコッ
トゥトゥッ・サポ
ハラカッコッ
キワ・オロワ
ハラカッコッ
タラ・ペ・ムイェ[*62]

＊58 マッコサンパ　さっと立つ。普通に立つ時はアシ（立つ）というが、このように怒って立つ場合にはマッコサンパ、あるいはマッコサヌともいう。
＊59 イサムペシユッ　イサムペ（いない者、死んだ者）、シユッ（装束）。裏側の国土へ追放される。それは死を意味するので死装束に身を固める。死装束は身につけるもの、手甲でも右と左をあべこべにつけるとか、着物の前を重ねるのにも普通は左側を上にするものを右側の前袷を上にし、履物も左右反対にする。
＊60 ライペシユッ　ライ（死）、ペ（者）、シユッ（装束）。
＊61 キワオラー　キ（する）、ワ（そして）、オラー（から）。
＊62 タラペムイェ　タラペ（敷物）、ムイェ（ごみ）。家出する者は、自分の寝所を掃除する。

バタバタ払《はら》い
荷物を背負《せお》い出ようとした

もう私は泣きません
と私はいいながら
カッコウ姉の
ヤマバト姉の
裾《すそ》の所を
両手でつかむと
本当か真実かい
と私に聞いた
うそではないと
私がいうと
やっぱりお前は

ハラカッコッ
エ[*63]・ホトゥイトゥイェ
ハラカッコッ
シケ・パ・ヒケ
ハ[*64]ラカッコッ
タネ・ソモ・チサン・クシネネ
シコロ・ハウェアナン・コロ
カッコッ・サポ
トゥトゥッ・サポ
チ[*65]ンキ・ケセ
ア・ウコ・ライパ・アクス
ソ[*66]ンノ・ネヤ・アンペ・ネヤ
イ・コ・ピシパ
ソンノ・ネヒ・アンペ・ネヒ
ア・イェ・アクス
オ[*67]ラーノ・ケライ・ウタラパ

＊63 エホトゥイトゥイェ　エ（それ）、ホトゥイトゥイェ（バタバタとはらい落としている）。

＊64 サケへはここまで。このサケへは、言葉の意味はない。以降は語りの口調になる。ポンオキクルミの語り。

＊65 チンキケセ　チンキ（着物の裾）、ケセ（端の方）。

＊66 ソンノネヤアンペネヤ　ソンノ（本当）、ネヤ（かい）、アンペ（真実）、ネヤ（かい）。

＊67 オラーノケライウタラパ　オラーノ（それから）、ケライ（さすがにとか感心な、という意）、ウタラ（仲間）、パ（頭）。さすがにあなたは人々の頭になれる人だ。偉い人なので私たちがいったことを理解してくれて泣きやんだ、と褒めている。

偉《えら》い人だよと
二人の姉は
いいながら
今までと同じに
私を大事に
育ててくれて
いるのですよと
小さいオキクルミ
がいいました

ケライ・ニシパ・ア・ネㇷ゚・ネクス
エネ・ネ・シコロ
ハウェオカ・コロ
イ[*68]ヨマㇷ゚・ロッ
イヨマㇷ゚・コロ・オラ
ソ[*69]モノスイ
イ[*70]・レシパ・ワ・オカ・アン・ペ
ネ・クス・ア・イエ・セコロ
ポ[*71]ンオキクㇽミ・ハウェ・アン

＊68 イヨマㇷ゚ロッ　イ（私）、オマㇷ゚（かわいがる）、ロッ（その者たち）。
＊69 ソモノスイ　ソモ（違う）、ノ（そして）、スイ（ふたたび）。
＊70 イレシパワオカアンペ　イ（私）、レシパ（育て）、ワ（する）、オカ（いる）、アン（ある）、ペ（もの）。
＊71 このような話の場合、最初から主人公の氏や素性を知っていては面白くない。誰だろう、どんな神だろう、これほど知恵があるのは、とはらはらしながら聞くのがカムイユカㇻの魅力。おしまいになって、やっぱりそうであったかなどと、感嘆の声をあげた。

語り手　平取町《びらとり》荷負本村《におい ほんそん》
黒川てしめ
（昭和44年4月15日採録）

解説

これは、半分神、半分人間のオキクㇽミが語っている話です。彼はカッコウとヤマバトに育てられていて、一緒《いっしょ》にいるカッコウやヤマバトの子どもたちに、大地を焼きつくす者の血統《けっとう》とからかわれたのが口惜《くちお》しくて長泣《な》きをします。カッコウ姉やヤマバト姉が、玉飾《かざ》りなどをあげてなだめても泣きやみません。それで、自分の子どもらを殺してわびても泣きやまないので、育ての姉二人は家出をしようとします。そこで、オキクㇽミはようやっと泣きやみます。

オキクㇽミというのは、天の国から降《お》りてきてアイヌに生活文化を教えたという、半分神で半分人間の神であったということで、アイヌラックㇽ（人間の味がする神）ともいいます。降臨《こうりん》の地、沙流川《さるがわ》のほとり、平取《びらとり》町荷負《におい》の左岸に、オキクㇽミの砦《とりで》の岩や、オキクㇽミの妻《つま》が用いた箕《み》が岩になったというノカピラという崖《がけ》もあります。

そのオキクㇽミの父が鬼《おに》と戦う時に、オキクㇽミをカッコウ神とヤマバト神に預《あず》けます。アイヌの国土でいちばん愛情《あいじょう》のある神として見こまれてとのことです。カッコウが托《たく》卵育雛《らんいくすう》の鳥であることなどは、このカムイユカㇻ（神謡《しんよう》）とは別のことです。

アイヌの女性《じょせい》がカッコウの巣《す》を見つけたら秘宝《ひほう》として大切にしまっておくと、一生食べ物に不自由しないものだという風習がありました。私の祖母《そぼ》てかってがカッコウの巣を秘宝にしていたと聞いたものですが、本当はカッコウの巣ではなかったのでしょうが、今となっては確《たし》かめようもありません。

この作品は、カムイユカラのお手本のようないい話です。ゆっくりした口調《くちょう》で、「ハフカッコッ……」と、サケヘ（繰り返しの言葉）のリズムがなんともいえない響《ひび》きをもって聞き手に伝わってきます。本当にのどかに聞くことができたものです。

■アイヌの民具■ケモヌイトサイェプ（針《はり》入れつき糸巻《ま》き）　ネシコ（クルミ）の木で厚《あつ》さ一センチくらいの板を作り、六～七センチ四方に切ります。縁《ふち》にケモプという針を入れておく溝《みぞ》を彫《ほ》り、引きぶたをつけます。糸を巻く部分は内側へ丸《まる》みをつけて削《けず》り、両面に彫刻《ちょうこく》をします。

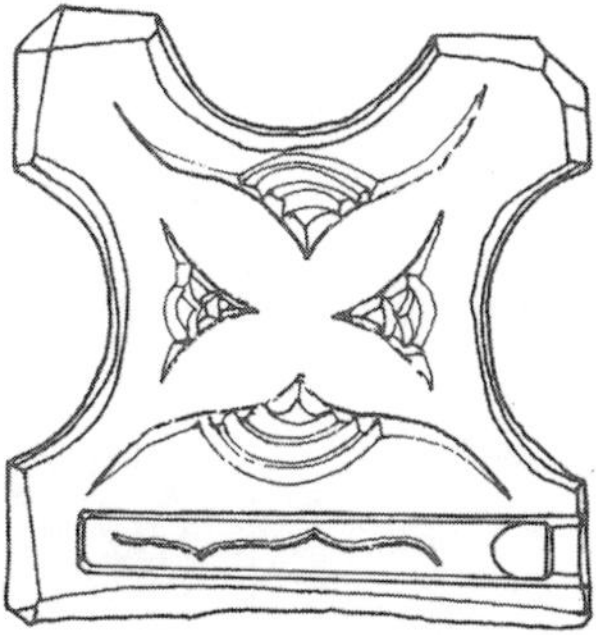

ホタルの婿《むこ》選び

大きな体のわたくしは[*1]
海の表の隅々《すみずみ》まで
強い光で照らしながら
海の上を横切って
自分に似合《にあ》う婿《むこ》さんが
いないものかと探《さが》しに行った
しばらくの間飛んでいくと
いい若者《わかもの》が目に入った

＊1　主人公はホタル。ただし最終行でわかる。「大きな体」とあるので、聞き手はホタルだとは思えない。最後に何者かを明かす構成。

トゥカナカナ
チ・ムッカネ[*2]
トゥカナカナ
アトゥイ・クルカ
トゥカナカナ
エ・マッカクル
トゥカナカナ
アトゥイ・トモトゥイェ[*3]
トゥカナカナ
チ・ヤイ・コトムカプ[*4]
トゥカナカナ
チ・フナラ・クス
トゥカナカナ
パイェ・アシ・アワ
トゥカナカナ
ピリカ・オッカイポ[*5]

＊2 チムッカネ　チ（私）、ムッカネ（そのまま）。例えば、体に傷もなく死んでいる人がいたら、ムッカネノライワアンという。
＊3 アトゥイトモトゥイェ　アトゥイ（海）、トモトゥイェ（渡る）。川を渡る時はペットモトゥイェという。
＊4 チヤイコトムカプ　チ（私）、ヤイ（自身）、コ（それ）、トム（光）、カ（それ）、プ（者）。自分に似合う婿さんを探しに。
＊5 ピリカオッカイポ　ピリカ（美しい）、オッカイポ（若者）。

だんだんと近づくと
そのお方は斜視《しゃし》であった
それが嫌《いや》でわたくしは
しばらくの間飛んでいき
大きい体で飛んでいった
海の表の隅々まで
強い光で照らしながら
しばらくの間飛んでいくと

トゥカナカナ

チ・ヌカラ・コロカ

トゥカナカナ

ウトンナ・シコ[*6]

トゥカナカナ

チ・エ・コパン・カラ

トゥカナカナ

オロワノ・スイ

トゥカナカナ

チ・ムッカネ

トゥカナカナ

アトゥイ・ソ・クルカ

トゥカナカナ

エ・マッカクル[*7]

トゥカナカナ

パイェ・アシ・アイネ[*8]

＊6 ウトンナシコ　ウトンナ（斜視）、シッ（目）、オ（入る）。ホタルが婿さんを探しに行き、最初に見た若者は、斜視（ヒラメ）の男。

＊7 エマッカクル　エ（それ）、マッカクル（照らす）。人間の小指の先ほどの小さいホタルが、海の表の隅々まで照らすというところがカムイユカラらしい。

＊8 パイエアシアイネ　パイェ（行く）、アシ（私）、アイネ（そして）。

一人の若者《わかもの》に出会ったので
よくよく見るとそのお方は
目の色が黄金色
それが嫌《いや》でわたくしは
そのあとふたたび飛んでいくと
その次にまたわたくしは
いい若者に出会ったので
よくよく見るとそのお方は

トゥカナカナ
シネ・オッカイポ
トゥカナカナ
チ・ヌカラ・コロカ
トゥカナカナ
コンカネ・シコ[*9]
トゥカナカナ
チ・エ・コパンカラ[*10]
トゥカナカナ
オロワウン・スイ
トゥカナカナ
パイエ・アサイネ
トゥカナカナ
ピリカ・オッカイポ
トゥカナカナ
チ・ヌカラ・コロカ

＊9　コンカネシコ　コンカネ（黄金色）、シッ（目）、オ（入る）。二番目に見た若者は、目の色が黄金色。それはサメであった。サメの目が黄金色をしていることを、山に暮らしているアイヌである私は知らなかった。カナダへ行ってサーモン釣りに海へ出て、サメが釣り針にかかってきて、その目を見てカムイユカラのことを思い出した。
＊10　チエコパンカラ　チ（それ）、コパン（嫌がる）、カラ（作る）。

顎《あご》の所に一本のひげ
それが嫌でわたくしは
そのあとふたたび飛んでいき
大きい体のわたくしは
強い光で海の表の
隅々《すみずみ》まで照らしながら
海の向こうへ飛んでいき
しばらく行くといい若者に出
会ったので

　トゥカナカナ
シネ・レッ・トゥ・コロ[*11]
　トゥカナカナ
チ・エ・コパンカラ
　トゥカナカナ
オロワノ・スイ[*12]
　トゥカナカナ
チ・ムウッカネ
　トゥカナカナ
アトゥイ・クルカ
　トゥカナカナ
エ・マッカクル
　トゥカナカナ
パイエ・アサイネ
　トゥカナカナ
ピリカ・オッカイポ

＊11　シネレットゥコロ　シネ（一つ）、レッ（ひげ）、コロ（持つ）。顎に一本のひげのある魚、それはタラ。このようにカムイユカラを聞かせながら、魚の特徴を教えている。

＊12　オロワノスイ　オロワノ（それから）、スイ（ふたたび）。

よくよく見るとそのお方の
器量といえば
体も大きく目も大きい
鼻だけ少し長いけれど
わたくしのようないい女に
似《に》合《あ》いの男と思ったので
その若者《わかもの》をわたくしは
お婿《むこ》さんに選んだので

トゥカナカナ
チ・ヌカラ・ルウェ
トゥカナカナ
エネ・オカ・ヒ
トゥカナカナ
シ[*13]キヒ・カ・ポロ
トゥカナカナ
エ[*14]トゥフ・カ・タンネ
トゥカナカナ
キワ・ネコロカ
トゥカナカナ
チ・ヤイ・コトムカ
トゥカナカナ
シ[*15]リカプ・ネルウェ
トゥカナカナ
ネー・セコロ

＊13　シキヒカポロ　シキヒ（目）、カ（も）、ポロ（大きい）。
＊14　エトゥフカタンネ　エトゥフ（鼻）、カ（も）、タンネ（長い）。
＊15　シリカプネルウェ　シリカプ（カジキマグロ）、ネ（なる）、ルウェ（様子）。

わたくしの夫はカジキマグロ
強い魚がわたくしの婿だと
一《いっ》匹《ぴき》のホタルがいったそうだ

トゥカナカナ
ニンニンケッポ[*16]
トゥカナカナ
ハウェアン・シコロ[*17]
トゥカナカナ
ネハウェウン[*18]

＊16　ニンニンケッポ　ニンニンケッポ（ホタル）。
＊17　ハウェアンシコロ　ハウェ（声）、アン（ある）、シコロ（と）。
＊18　カムイユカㇻは子どもに言葉を教える役目もあるので、同じ言葉を繰り返し言い聞かせる。

語り手　平取町《びらどりちょう》去場《さるば》
鍋沢ねぷき
（昭和44年2月19日採録）

解説

アイヌのカムイユカラ（神謡《しんよう》）の自由さ、奔放《ほんぽう》さがよく出ている作品です。ホタルが自分の婿《むこ》さんを探《さが》しに海の上を飛び、海の隅々《すみずみ》まで照らします。そして斜視《しゃし》の男（ヒラメ）、黄金色の目の男（サメ）、顎《あご》ひげの男（タラ）、そして最後に力持ちで器量のいいカジキマグロに出会い、彼を夫に選びます。カジキマグロ以外は魚の名を出していませんが、マグロを強く印象づけるためでしょうか。小さいホタルと大きなカジキマグロ、この組み合わせは、まさにカムイユカラならではの世界です。

このカムイユカラは、山にいるアイヌたちが魚の特徴《とくちょう》を覚えるのにとてもいい作品です。子どもの遊びの一つに、ホタルを貝がらに入れて糸をつけ、土に埋《う》め、「エホクキロロ　サンケサンケ、エホクキロロ　サンケサンケ（お前の夫の力を出せ出せ、お前の夫の力を出せ出せ）」と言いながら、貝がらを引っぱる遊びがあるそうです。ホタルは小さい虫ですが、夫はカジキマグロ、その強い夫の力を出しなさいといっているのです。この作品が土台になった遊びなのでしょう。この遊びについては、語り手の鍋沢ねぷきフチ（おばあさん）から聞いたものです。私自身は、そのような遊びをしたことがありません。海に近いアイヌの子どもの遊びであったのでしょう。

この作品のサケへも、意味はありません。サケへは、次の言葉が出てくるまでの間《ま》であり、聞き手はそこで考える余裕《よゆう》があるので、話の内《ない》容《よう》を覚えやすかったような気がします。

■アイヌの民具■カリプ（つる輪） 子どもの遊び道具です。つる輪を転がして横から棒《ぼう》で突《つ》き止めたり、宙《ちゅう》に投げ上げて二股《ふたまた》の棒で受け止めたりします。狩猟《しゅりょう》民族として、獲物《えもの》を捕《と》る訓《くん》練《れん》でもあったのです。ハップンカラ（ブドウのつる）を曲げて作ります。直径《ちょっけい》三〇〜四〇センチ。

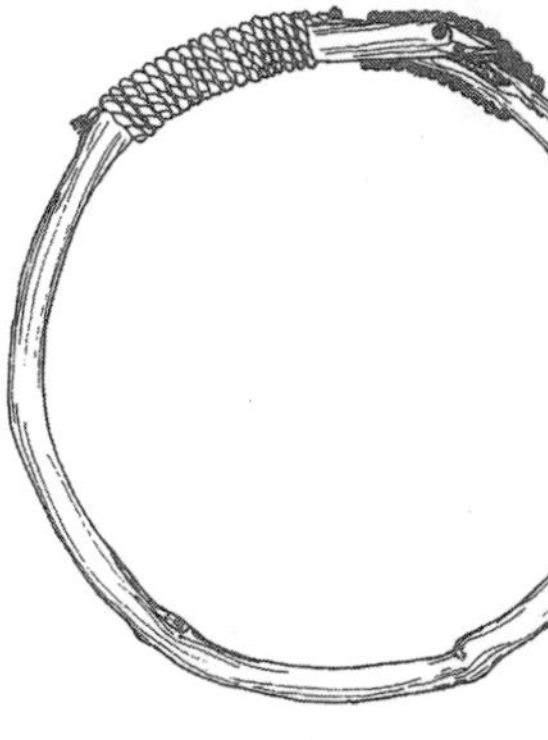

ムジナとクマ

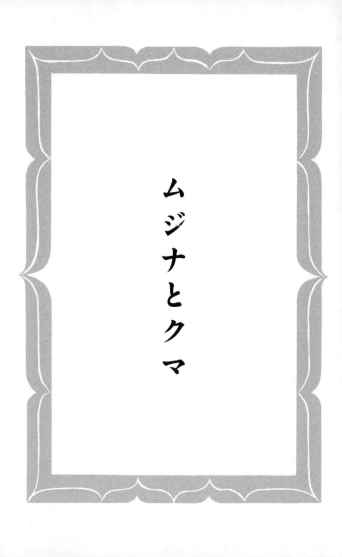

私のおじいさん
夜でも
昼でも
背《せ》中《なか》をあぶり
毎日のように
毎年のように
私たちはいた
ある日のこと

トロロフムポ
ア[*1]・コロ・エカーシ
トロロフムポ
クンネ・ヘーネ
トロロフムポ
トカプ・ヘーネ
トロロフムポ
セ[*2]トゥル・セセッカ
トロロフムポ
ケシト・アン・コロ
トロロフムポ
ケ[*3]シパ・アン・コロ
トロロフムポ
オカ・アナイネ
トロロフムポ
シネ・アン・トー・タ

＊1 アコロエカーシ ア（私＝ムジナ）、コロ（持つ）、エカシ（祖父、おじいさん＝クマ）。エカシという言葉を祖父と訳してしまうと堅い感じになるので、おじいさんとした。エカシ（おじいさん）、フチ（おばあさん）。ともに敬称を含めているような気持ちで子どもの時は使っていた。

＊2 セトゥルセセッカ セトゥル（背中）、セセッ（暑い）、カ（それ）。気温が高い時は、シリセセッ（辺りが暑い）という。私の母方の実家のおじいさんは、しばしば背中あぶりをして寝ていた。

＊3 ケシパアンコロ ケシパ（毎年）、アン（ある）、コ（と）。ケシパという表現で、長い間、つまり時間の経過をいう。

体の上から白い灰《はい》が
雪崩《なだれ》落ち
火の方へ
体を向け
いったことは
次のような
言葉であった
今はもう老《ろう》衰《すい》のため

トロロフムポ

カシ・ワ・レタラ・パシ[*4]

トロロフムポ

メウェウケ・ヒーネ[*5]

トロロフムポ

ヘサシー・ワ

トロロフムポ

シ・キルール

トロロフムポ

イタ・カウェ

トロロフムポ

エネ・オカーヒ

トロロフムポ

インカラ・クース

トロロフムポ

タネ・アナッネ

＊4 カシワレタラパシ　カシ（上）、ワ（から）、レタラ（白い）、パシ（灰）。何年も寝てばかりいたので、体の上へ囲炉裏から舞い上がった灰が積もった様子。

＊5 メウェウケヒーネ　メウェウケ（はがれる、崩れる）、ヒーネ（そして）。ヒーネとのばすのは語呂合わせのためで、カムイユカラに共通したいい方。普通はヒネという。

動けなくなりそうだ
アイヌの所へ
客として
行きたくなった
古い土を
内側へ入れて
新しい土を
外へ出せ

トロロフㇺポ
イヌクリ・アンナ[*6]
トロロフㇺポ
アイヌ・オールン
トロロフㇺポ
マラプトー・ネ[*7]
トロロフㇺポ
アン・ルスーイナ[*8]
トロロフㇺポ
フㇱコ・イークㇺ[*9]
トロロフㇺポ
アウナ・ラーイェ[*10]
トロロフㇺポ
アシリ・イークㇺ
トロロフㇺポ
ソイナ・ラーイェ[*11]

＊6 イヌクリアンナ　イヌクリ（老衰）、アン（ある）、ナ（から）。ここではイヌクリを老衰としたが、この言葉の別の使い方としては、イペヌクリ（食うのも嫌だ）、イタッヌクリ（しゃべるのも嫌だ）、アプカㇱヌクリ（歩くのも嫌だ）などがある。しかし、この冒頭のような状況で本人が「イヌクリアンナ」という時は、老衰がぴったりする。

＊7 マラプトーネ　マラプト（客）、ネ（なる）。

＊8 アンルスーイナ　アン（ある）、ルスイ（したい）、ナ（から）。

＊9 フㇱコイークㇺ　フㇱコ（古い）、イクㇺ（土）。普通は土のことをトイトイ、あるいはオタというが、神の国ではイクㇺという。

＊10 アウナラーイェ　クマの穴の内側へ。

＊11 ソイナラーイェ　ソイナ（外）、ラーイェ（寄せる）。

今日《きょう》のうちに
村おさの
その息子《むすこ》たちが
狩《か》りのために
ここへ来るので
村おさの家へ
わたしは客として
行くことにする

トロロフムポ
ヤッネ・タントー・ネ[*12]
トロロフムポ
コタン・コロ・ニㇱパ
トロロフムポ
ポホ・ウータㇻ
トロロフムポ
エキムネ・ノイネ[*13]
トロロフムポ
インカㇻ・アン・クス
トロロフムポ
ア・コ・マラㇷ゚ト
トロロフムポ
ネ・クスネーナ
トロロフムポ
セコロ・イータッ

＊12　ヤッネタントーネ　ヤッネ（ならば）、タント（今日）、ネ（なる）。
＊13　エキムネノイネ　エ（それ）、キム（山）、ウン（入る）、ノイネ（らしい）。クマは神なので、山の中にいてもアイヌが何をしているかを全部知っている。したがって村おさの息子たちが来るのも見えている。

そういうので私は
古い土を
内側へ入れ
新しい土を
外へ出した
そのうちに
家の外へ
人の声が

トロロフムポ
キヒ・クース
トロロフムポ
フㇱコ・イークㇺ
トロロフムポ
ア[*14]・アウナ・ラーイェ
トロロフムポ
ア[*15]シリ・イークㇺ
トロロフムポ
ア[*16]・ソイナ・ラーイェ
トロロフムポ
キ・ロッ・アーワ
トロロフムポ
エ・ソイネー・ワ
トロロフムポ
フ[*17]マㇱ・フーマㇱ

＊14　アアウナラーイェ　ア（私）、アウナ（内側）、ラーイェ（寄せる）。
＊15　アシリイークㇺ　アシリ（新しい）、イクㇺ（土）。
＊16　アソイナラーイェ　ア（私）、ソイナ（外）、ラーイェ（寄せる）。クマ狩りに来る人を待つために、穴の口へ新しい土を出しておくと、それを見て、この穴にはクマが入っているとわかる。わからせるために、わざとそうして待っている。
＊17　フマㇱフーマㇱ　フㇺ（音）、アㇱ（ある）がフーマㇱとなる。穴の中にいるクマは、外へ来ている人間の足音を聞いている。

聞こえてきた
人声を聞きおじいさんは
先になってゆっくりと
外へ出ながら
私にいうことは
お前も一緒《いっしょ》に
アイヌのコタン（村）へ
客として

トロロフムポ

キアクース

トロロフムポ

ア・コロ・エカーシ

トロロフムポ

ホ[*18]シキ・ノ・ソイネ

トロロフムポ

イ[*19]・ヨシ・エ・ソイネ・ワ

トロロフムポ

エアニー・カ

トロロフムポ

コタン・ノルン

トロロフムポ

コタン・コロ・ウタラ

トロロフムポ

エウン・ネーシ

＊18　ホシキノソイネ　ホシキ（先に）、ソイネ（出る）。ホシキという言葉は、先にという意味の時と、ちょっと待って（ポンノは少し、ホシキは待て）などという時にも使われる。

＊19　イヨシエソイネワ　イ（私）、オシ（後ろ）、エ（お前）、ソイネ（出る）、ワ（して）。イ　オシが、イヨシに聞こえる。

行くことに
するけれど
礼儀《れいぎ》正しく
振《ふ》る舞《ま》うことを
心がけようと
思いなさい
向こうへ着いたら
火の神様が

トロロフㇺポ
マラㇷ゚ト・ネ・アン
トロロフㇺポ
ウ[*20]・トゥラ・アン・ワ
トロロフㇺポ
キ・クㇱ・ネーナ
トロロフㇺポ
ピリカー・ノ
トロロフㇺポ
オ[*21]リパㇰ・クーニ
トロロフㇺポ
エ・ラㇺㇷ゚・ネーナ
トロロフㇺポ
カムイ・フチ
トロロフㇺポ
イ[*22]ェ・ネウサㇻ

＊20 ウトゥラアンワ　ウ（互い）、トゥラ（一緒）、アン（ある）、ワ（して）。
＊21 オリパククーニ　オリパㇰ（遠慮）、クーニ（と）。アイヌのコタンへ行ったら、火の神様がいろいろと話をしてくれるが、礼儀正しく振る舞うようにと、クマ神は一緒に行くムジナにいい聞かせている。
＊22 イェネウサㇻ　イイェ（私たち＝ムジナとクマ）、ネウサㇻ（よもやま話）。

わたしたちを歓迎《かんげい》して
くれるであろうと
私に聞かせ
私のおじいさん
一歩だけ外へ出たそのとたんに
体の上に矢《や》が立つと
あっという間に死んでしまった
それを見た私は

トロロフムポ
ナンコロー・ナ
トロロフムポ
ア・コロ・エカーシ
トロロフムポ
イカシパオッテ[*23]
トロロフムポ
ホシキ・ソイネ・アクス
トロロフムポ
カシ・タ・アイ・ロシキ・ロシキ[*24]
トロロフムポ
カネ・ヒネ
トロロフムポ
ナニ・ス・マウ・ネ[*25]
トロロフムポ
アシヌマー・カ

＊23　イカシパオッテ　イ（私）、カシ（上）、パ（言葉）、オッテ（入る）。カシパオッテという言葉は、親が子どもに意見するとか、お説教・説諭などの意。だからこうしてはいけませんよ、という時にカシパオッテという。

＊24　カシタアイロシキロシキ　カシタ（上に）、アイ（矢）、ロシキ（立つ）、ロシキ（立つ）。クマが穴から外へ出ると、体の上へ矢が次々と立った様子。

＊25　ナニスマウネ　ナニ（すぐに）、ス（鍋）、マウ（湯気）、ネ（なる）。アイヌの側から獲物を見る時、死んだといわないで、スマウネ（鍋の湯気になった）という。鍋をかけて湯気を上げることができることは、肉を手に入れることができた、という食べ物を手にした喜びの表現になる。

おじいさあん
どうしたのうといいながら
追いかけて
外へ出ると
私の体にも
矢《や》が立って
私はムジナに
おじいさんは

トロロフムポ
ア・コロ・エカシ
トロロフムポ
ヤイヌ・アン・クース
トロロフムポ
ケセアアンパ・アクス[*26]
トロロフムポ
アシヌマ・カ
トロロフムポ
アイ・チョッチャ・ヒネ[*27]
トロロフムポ
ピト・シンネ[*28]
トロロフムポ
カムイ・シンネ[*29]
トロロフムポ
オ・イクシタ[*30]

＊26 ケセアアンパアクス　ケセアアンパ（追いかける）、アクス（したら）。
＊27 アイチョッチャヒネ　ア（私）、イ（それ）、チョッチャ（射る）、ヒネ（そして）。
＊28 ピトシンネ　ピト（神）、シンネ（ように）。ここでのピトは、人とは違って、神の中の神という時に用いられる言葉。したがって次に「カムイシンネ」と対になって使われる。
＊29 カムイシンネ　カムイ（神）、シンネ（ように）。前の行から続いてきている。
＊30 オイクシタ　オ（それ）、イクシタ（向こう側に、神の側に）。

大きいクマに
神本来の
姿《すがた》に変わると
コタンの人たちが走ってきて
おじいさんと私は
コタンまで運ばれ
村おさの家の中
おじいさんは

トロロフムポ
アルッコ・サムパ[*31]
トロロフムポ
オロワーノ
トロロフムポ
コタン・コロ・ウータㇻ
トロロフムポ
イ・カ・チ・クㇱテ
トロロフムポ
ア・コロ・エカシ・トゥラノ
トロロフムポ
コタン・オㇿ・アイ・コ・サプテ[*32]
トロロフムポ
オロワーノ
トロロフムポ
ア・コロ・エカーシ

＊31 アルッコサムパ　ア（私）、ルッコサムパ（さっと出た）。ルッコサムパというのは、急に出たとか、さっと現れた時に使われる。この場合は、穴の中からさっと出て、それぞれ、クマとムジナの姿になった。

＊32 コタンオロアイコサプテ　コタン（村）、オロ（所）、アイ（私たち）、サプテ（出す）。矢を射られて死んだ私たちは、コタンまで運び出された。

横座《よこざ》の方へ
座《すわ》らされ
そのそばへ私も置かれた
火の神様は
笑《え》みをたたえて
六枚《まい》の着物を
ひらひらさせ
六枚《まい》の着物に帯を締《し》めて

トロロフムポ
アペ・エトッ・タ[*33]
トロロフムポ
ア・ア・レ・ヒーネ
トロロフムポ
サマタ・アイ・ヤレ
トロロフムポ
カムイ・フーチ
トロロフムポ
ミナ・トゥラ
トロロフムポ
イワン・コソンテ[*34]
トロロフムポ
オパネーレ
トロロフムポ
ウ・コエ・クッコロ[*35]

＊33 アペエトッタ　アペ（火）、エトッ（先）、タ（に）。横座をアペエトクという。横座に座り入口の方を見て、右側をシソ（右座または本当の座）といい、家の主が座る場所。左側をハラキソ（左座）といい、子どもたちが座る場所になっていた。お客が来た時は横座に座らせる。クマは神であり、客なので横座へ座ってもらっているし、クマのそばにいるのが、これまでの様子を語っているムジナである。
＊34 イワンコソンテ　イワン（六）、コソンテ（小袖）。火の神は六枚の小袖を重ね着している。
＊35 ウコエクッコロ　ウ（互い）、コ（それ）、クッ（帯）、コロ（持つ）。

金銀の棒《ぼう》を
よじった杖《つえ》
その杖を手に持ち
私のおじいさんと
よもやま話を
楽しそうに語っていた
そのあとで
私のおじいさん

トロロフムポ
カネ・クーワ[*36]
トロロフムポ
チ・ノイェ・クーワ[*37]
トロロフムポ
エテテ・カーネ
トロロフムポ
オロワーノ
トロロフムポ
オロワノ・ウェ・ネウサラ
トロロフムポ
ア・コロ・エカシ・トゥラ
トロロフムポ
キロッ・アアイネ
トロロフムポ
ア・コロ・エカーシ

＊36　カネクーワ　カネ（金）、クワ（杖）。

＊37　チノイェクーワ　チ（それ）、ノイェ（よじった）、クワ（杖）。火の神は六枚の小袖を重ね着して、細い金線を何本も合わせてよじった杖を持った女神、と考えられている。

私にいうには
小さい娘《むすめ》よ
人間の国では
わたしたちの肉をも
わたしたちに食べさせる
わたしたちの脂身《あぶらみ》も
お椀《わん》に盛《も》って
出されても

トロロフムポ
エネ・イターキ
トロロフムポ
ア・コロ・オペレ[*38]
トロロフムポ
イキヤエアシリ[*39]
トロロフムポ
ア・カミ・ヒカ
トロロフムポ
アイ・コ・プンパ
トロロフムポ
ア・キリプ・フカ[*40]
トロロフムポ
アイ・コプンパプ・ネナ[*41]
トロロフムポ
イキヤー

＊38　アコロオペレ　ア（私）、コロ（持つ）、オペレ（尻割れ）。まだ小さい女の子のことをオペレ（尻の割れた者）という。裸で走り回る女の子を前から見ての表現。ムジナは少女の姿をしている。

＊39　イキヤエアシリ　イキヤ（もしも、万が一）、エアシリ（本当に）。イキヤエアシリというのは、まちがってもとか、もしものこととか、万一にも、という時に用いられる言葉。

＊40　アキリプフカ　ア（わたし）、キリプ（脂身）、フ（を）、カ（も）。

＊41　アイコプンパプネナ　アイ（わたしたち）、コ（それ）、プンパプ（配る、配膳）、ネナ（だよ）。アイヌは、わたしたちの肉をもわたしたちに食べさせようとして、配膳する。

なめるばかりも
してはならない
万が一にも
なめたならば
神の国へ絶《ぜっ》対《たい》に
帰ることが
できなくなる
目の前へ出されたもの

トロロフムポ
ポンノ・ポーカ
トロロフムポ
エ[*42]・ケム・ワ・ネーヤッ
トロロフムポ
アイ・トゥラワ
トロロフムポ
ホシピ・アン・カ
トロロフムポ
エアイカプ
トロロフムポ
ナンコンナ
トロロフムポ
イ[*43]テキ・アイ・キリプ・フ
トロロフムポ
アイ・コ・プンパ・ヤッカ

＊42 エケムワネーヤッ　エ（お前）、ケム（なめる）、ワ（する）、ネヤッ（ならば）。クマ神がムジナにいい、自分たちの肉が出されるけれど、その肉をなめただけでも神の国へ一緒に帰れないよ、と教えている。

＊43 イテキアイキリプフ　イテキ（駄目）、アイ（わたしたち）、キリプ（脂身）。

食べたいと思っても
口にしては
駄目《だめ》ですよと
何回も念を押《お》された
山盛《も》りの飯に
山盛りの団子《だんご》
脂身《あぶらみ》から
魚などの

トロロフムポ
イテキ・エ・エ・ルスイ・ヤッカ
トロロフムポ
イテキ・エ・アニ・シコロ
トロロフムポ
イカシパオッテ
トロロフムポ
キ[*44]・コロ・オカ・アナコロカ
トロロフムポ
エアシリ・ピリカ・ソナーピ
トロロフムポ
シト・ネーチーキ
トロロフムポ
カム[*45]・ネチーキ
トロロフムポ
チェプ・ネチーキ

＊44　キコロオカアナコロカ　キ（する）、コロ（ながら）、オカ（いた）、アナコロカ（けれど）。
＊45　カムネチーキ　カム（肉）ネチーキ（など）。

おいしい食べ物
山盛りに盛られた椀《わん》
目の前へ並《なら》べられた
あまりにも
食べたいので
少しの脂身《あぶらみ》を
私はなめた
私のおじいさん

トロロフムポ
ピリカ・ヒーケ
トロロフムポ
ルプネ・ソナーピ[*46]
トロロフムポ
アイ・コ・プンパ
トロロフムポ
ウェンカスーノ[*47]
トロロフムポ
ア・エ・ルスイ・クス
トロロフムポ
ポンノ・キリプ
トロロフムポ
ア・ケム・アクス
トロロフムポ
ア・コロ・エカーシ

＊46　ルプネソナーピ　ルプネ（大きい）、ソナーピ（山盛り）。肉でも魚でも飯でも、山盛りにお椀に盛られた食べ物を、ソナピという。アイヌ風の結婚式の時には、花嫁が飯を炊き、大きな椀へ山盛りに飯を盛って婿に渡す。婿は山盛りの飯の半分を食べ、残り半分を嫁に渡し、嫁がそれを食べることで式の印になる。

＊47　ウェンカスーノ　ウェン（悪い）、カスーノ（越える）。あまりにも食べたくなった。我慢できなかった。

私をしかり
今はもう神の国へ
一緒《いっしょ》に帰ること
できなくなった
それを聞いて
おくがよい
といいながら
私をしかった

トロロフムポ
イ[*48]・コイキ・ハーウェ
トロロフムポ
タネ・アナッネ
トロロフムポ
イ・トゥラ・ワ
トロロフムポ
ホ[*49]シッパアン・カ
トロロフムポ
エアイカㇷ゚
トロロフムポ
オ[*50]アシ・シリ・ネーナ
トロロフムポ
シ[*51]コロ・ハワンコロ
トロロフムポ
イ・コイキ

＊48 イコイキハーウェ　イ（私）、コイキ（しかる、いじめる）、ハウェ（声）。私（ムジナ）が少しの脂身をなめたのを見たおじいさん（クマ神）は、私をうんとしかりながら、「あれほどいったのになめてしまった。これでお前を連れて帰れない」と言った。
＊49 ホシッパアンカ　ホシピ（戻る）、アン（ある）、カ（も）。
＊50 オアシシリネーナ　オアシ（始める）、シリ（様子）、ネーナ（だよ）。
＊51 シコロハワンコロ　シコロ（と）、ハワン（いう）、コロ（ながら）。

そしてそのあと
おじいさんは
本当にたくさんの
イナウの荷物
団子《だんご》の荷物を
自分の体より
大きいぐらい
それを背負《せお》って

トロロフムポ
ヒネ・オラ
トロロフムポ
アコロ・エカシ
トロロフムポ
エアシリ
トロロフムポ
イ[*52]ナウ・シケ
トロロフムポ
シト・シーケ
トロロフムポ
エ[*53]・ヤイ・シケ・カ
トロロフムポ
ヌ[*54]カラ・カーネ
トロロフムポ
イ[*55]・ホッパ・ワ・アラパ・ワ

＊52 イナウシケ　イナウ（木を削って作った御幣）、シケ（荷物）。クマ神や諸々の神は、アイヌの所へ客として来て、帰りにイナウをたくさんもらって帰れるのが最大の楽しみ。
＊53 エヤイシケカ　エ（それ）、ヤイ（自身）、シケ（荷）、カ（上）。
＊54 ヌカラカーネ　ヌカラ（見る）、カーネ（ように）。アイヌが神にたくさんの土産物、イナウとか団子をくれたので、それを背負った様子は、自分の体より大きく高く、荷物を見上げるように、という意。
＊55 イホッパワアラパワ　イ（私）、ホッパ（置く）、ワ（して）、アラパ（行った）。クマ神はムジナと一緒に神の国へ帰ろうと思ったが、ムジナが自分の脂身をなめたので、連れて帰れないので置いていった。

帰っていった
私も一緒《いっしょ》に
帰ろうとすると
火の神様が
私をしかり
自分*56の肉を
食べた者は
神の国へは

*56 ここからは、火の神がムジナに語る。

トロロフムポ
ア・トゥラ・クス
トロロフムポ
ネ・アクース
トロロフムポ
カムイ・フチ
トロロフムポ
イ[*57]・コイキ・ハウェ
トロロフムポ
エネ・アニ
トロロフムポ
エ・ヤイ・キリプ
トロロフムポ
エ・エ・ワ
トロロフムポ
タ[*58]ネ・アナッネ

＊57 イコイキハウェ　イ（私＝ムジナ）、コイキ（しかる）、ハウェ（声）。
＊58 タネアナッネ　タネ（今）、アナッネ（は）。

帰ることが
できないものだ
これからは
人間の家の入口を
守る神に
なってもらう
女であるあなたに
入口を守ってもらい

トロロフムポ
エ・ホシピ・カ
トロロフムポ
エヤイカプ・シコロ
トロロフムポ
ア[*59]パ・サムン・カムイ・ネ
トロロフムポ
アイ・カラ
トロロフムポ
エアニ・アナッ
トロロフムポ
メ[*60]ノコ・エ・ネ・クス
トロロフムポ
アパ・サムン・カムイ・ネ
トロロフムポ
アイ・カラ・シリ

＊59　アパサムンカムイネ　アパ（戸）、サム（側）、ウン（の）、カムイ（神）、ネ（なる）。アイヌの家にはセマパ（外側の戸）と、チセアパ（内側の戸）があって、チセアパの両側に神をつくって置き、入口を守らせている。それがアパサムンカムイ（入口を守る神）である。
＊60　メノコエネクス　メノコ（女）、エ（お前）、ネ（なる）、クス（ため）。117ページにアコロオペレ（小さい娘）とあった。

それと合わせて
人間の病気を
治す神に
なってもらうように
するので
家の入口を
守りながら
人間の病気を

トロロフムポ
エネ・アニ
トロロフムポ
アイヌ・イコニ*61
トロロフムポ
イコニ・セレマッ*62
トロロフムポ
エプンキネ
トロロフムポ
カムイ・ネ・アイ・カラ・ワ
トロロフムポ
アパ・サム・タ
トロロフムポ
アイ・アヌ・クシネナ
トロロフムポ
アイヌ・イコニ

＊61 アイヌイコニ　アイヌ（人間）、イコニ（病気）。イコニというのは病気のことで、病気を治す神になってくれと、ムジナは、火の神から頼まれている。病気のことを、別ないい方ではヤイヌミウェン（ヤイは自身、ヌミは粒、ウェンは悪い）、自分自身の粒が悪くなったという。

＊62 イコニセレマッ　イコニ（病気）、セレマッ（魂）。

治してくれれば
神として人間たちに
尊敬《そんけい》される
神様になれるで
あろうと
火の神様が私にいった
おじいさんが帰ったあとで[*63]
私は残され

＊63 ここから、またムジナの語りになる。

トロロフムポ
エイ・コ・インカㇻ
トロロフムポ
カムイ・ネ・エ・アン
トロロフムポ
エ[*64]・エ・ヤイ・カームイ
トロロフムポ
ネ・レナン・コンナ
トロロフムポ
シコロ・ハワン・コロ
トロロフムポ
ア・コロ・エカシ
トロロフムポ
オカケ・タ
トロロフムポ
ア[*65]イ・キシマ・ヒネ・オラ

＊64 エエヤイカームイ　エ（それ）、ヤイ（自身）、カムイ（神）。それによって自分自身が尊敬される神になれる。
＊65 アイキシマヒネオラ　アイ（私）、キシマ（つかみ）、ヒネ（そして）、オラ（から）。神の国へ私（ムジナ）は帰ろうとしたが、つかまって帰れなくなった。

入口の神様に
私はされて
火の神様に
いわれたとおり
人間の病気を
治す仕事を
私の仕事にして
病人が出ても

トロロフムポ
アパ・サムイ・カムイ・ネ
トロロフムポ
アイ・カㇻ・ワ
トロロフムポ
エネ・カムイ・フチ
トロロフムポ
イイェ・ヒ・ネアクス[*66]
トロロフムポ
ネノ・アイヌ・イコニ
トロロフムポ
イコニ・セレマッ
トロロフムポ
アイ・プンキネ・ワ
トロロフムポ
イラムマカカ[*67]

＊66 イイェヒネアクス　イイェ（私にいう）、ヒ（で）、アクス（あったので）。
＊67 イラムマカカ　イ（それ）、ラム（思い）、マカ（開ける）、カ（さす）。このイラムマカカは、一語で、丁寧に、あるいは注意深く、などに使える言葉。

あまり重態《じゅうたい》に
ならないようにと
私はいいながら
人々を守って
いる神が
私ですよと
小さいムジナ神が
語りましたと

トロロフムポ
イコニ・ピリカプ
トロロフムポ
アン・クニ・ヒ
トロロフムポ
アイ・イェ・コロ
トロロフムポ
アイ・コ・プンキ・ネ
トロロフムポ
カムイ・ア・ネ・ルウェ
トロロフムポ
ネー・セコロ
トロロフムポ
ポ[*68]ン・モユッ・カムイ
トロロフムポ
ヤ[*69]イェ・イソイタッ

＊68 ポンモユッカムイ　ポン（小さい）、モユッ（ムジナ）、カムイ（神）。
＊69 ヤイェイソイタッ　ヤイェ（自分自身）、イソイタッ（いう、しゃべる）。このカムイユカㇻは言葉どおり神自身のことを語るもので、この話のようにいちばん最後に自分自身の身分を明かすのが普通で、最初から主役がわかっているのは面白くない。しかし、日本語に訳した場合には、最初に主人公の名前がわかった方がいいのかもしれない。

語り手　平取《びらとり》町荷菜《にな》
平賀さだも
（昭和40年9月20日採録）

解説

ムジナ（タヌキ）はアイヌにいわせると、クマ神の飯炊《た》きなので、顔に炭がついて顔が黒いものだ、などといっています。

話の内容《ないよう》ですが、クマ神がすっかり年を取ってしまい、アイヌの所へ客として行くことによって若返《わか》ることができるために、アイヌの所へ行く話です。一緒《いっしょ》に行く飯炊きムジナは、自分の肉を食べなければもう一度神の国へクマ神と帰ってこられるのに、自分の肉を食ったばかりに帰ることができなくなります。冒頭《ぼうとう》の寝《ね》ているクマ神、この場合は人間の姿《すがた》をしているわけで、体の上へ積もった灰《はい》が寝返りした上から雪崩《なだれ》落ちるという描写《びょうしゃ》は、カムイユカラ（神謡《しんよう》）らしく、実によく雰囲気《ふんいき》が出ていると思います。

平賀さだもフチ（おばあさん）の語りにはありませんが、「外へ人声が聞こえると、おじいさんは外出用の着物に着替《が》えて家の外へ出ていった」というのが、私の聞いた古いカムイユカラには入っていたものです（108ページ3行目と4行目の間に入りました）。

アイヌのコタン（村）に残ったムジナは、家の入口を守る神になり、人々の病気を治す神になるわけです。ムジナをもアイヌは大切な神としているので、一匹《いっぴき》だけで飼《か》った場合は、クマと同じようにムジナ送りをします。昭和三十五年でしたか、私の家で飼っていたムジナを、モユㇰオマンテといって神の国へ送り返しました。ムジナの肉はおいしいし、脂《あぶら》がかかっているので、うんと脂のかかった肉を見ると、モユㇰキリプネノアン（ムジナの脂のようだ）というほどです。

ムジナは、クマほどではありませんが、半ば冬眠《とうみん》するかのように穴《あな》ごもりをするもので、こもっている穴を見つけたら、入口で火を燃《も》やし、煙《けむり》を穴の中へあおりこみます。それでも出てこないときは、細い棒《ぼう》の先を二つに割《わ》って穴の中へ差し入れます。ムジナの体に棒の先が触《さわ》ったら、棒をぐるぐるとねじると長い毛が棒の先へからみ、引っぱり出すことができるということです。

■アイヌの民具■ヘペライ（花矢《はなや》）　イヨマンテ（クマ送り）の時、クマに射《い》る矢です。二風谷《にぶたに》の矢は赤い布《ぬの》を埋《う》めこみ、クマに刺《さ》さりませんが、旭川《あさひかわ》地方のは、頭部を少しとがらせ、軽く刺さります。頭部はラスパ（サビタ）、矢柄《がら》はシキ（オニガヤ）です。長さは六〇センチくらい。

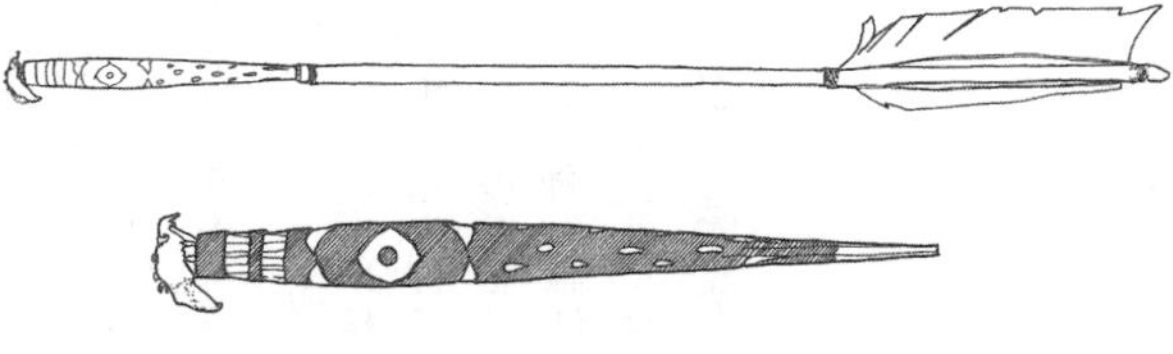

チセは雪崩《なだれ》や水害の心配のない、沢や湧《わ》き水が近くにある場所に建てました。まず穴を掘って丸太の柱を建て、家の骨組みを作ります。普通三間《げん》と四間（一間は約一・八二メートル）、または二間と三間の一間造《ま》りが基本の形。屋根と壁《かべ》はカヤで葺《ふ》きます（ササを使う地方もあります）。家の入口が直接風や雪にさらされないように、小さな土間のセム（前室）をつけ、臼《うす》やござや薪《まき》などの物置に使います。

部屋の中央に囲炉裏《いろり》を切り、奥の正面にロルンプヤラ（上座の窓）があり、ほぼ南東に向いていて、窓の外には神まつりのときのヌササン（祭壇《さいだん》）があります。上座の窓を背に囲炉裏に座る席をアペエトㇰ（横座）、右側の席は主人が座るシソ（右座）、左側の席をハラキソ（左座）といい、家族たちが座ります。シソの左後方は夫婦《ふうふ》の寝床《ねどこ》、その向い側は家族の寝床、上座の右側にはシントコ（行器《ほかい》）など大切なものを置きます。チセの外には男女別の便所があり、庭にはクマの檻《おり》、プ（足高倉）、干し棚などが配置されていました。

チセ（家）

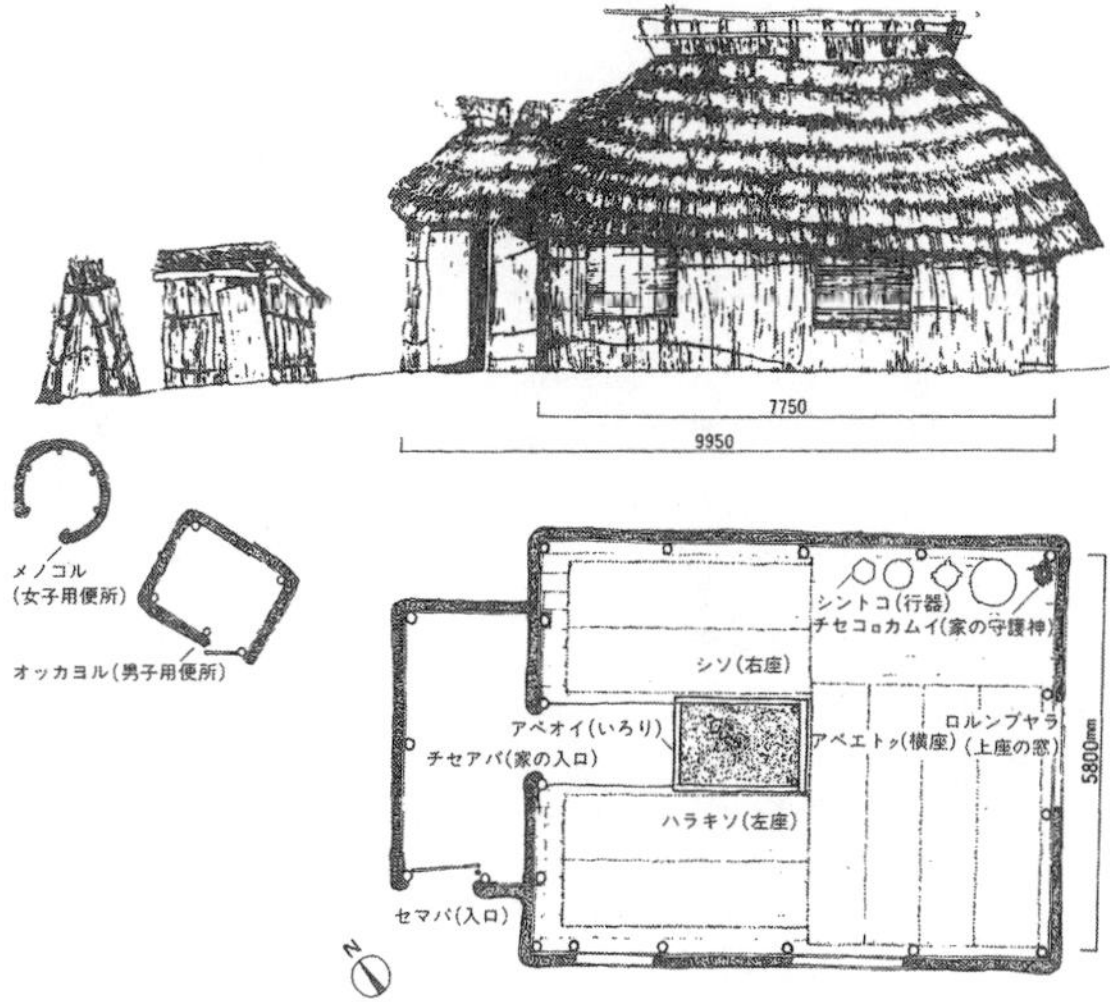
7750
9950
メノコル（女子用便所）
オッカヨル（男子用便所）
シントコ（行器）
チセコロカムイ（家の守護神）
シソ（右座）
アペオイ（いろり）
チセアパ（家の入口）
アペエトㇰ（横座）
ロルンプヤラ（上座の窓）
5800mm
ハラキソ（左座）
セマパ（入口）
N

わたしの夫は

わ[*1]たしの夫
大事な夫と
わたしは一《いっ》緒《しょ》に
暮《く》らしていた
ある時から
わたしの夫は
寝《ね》てばかりいる
その間に

＊1「わたし」はカッコウ神の妻。

ノウワオオウー

チ[*2]・アン・テ・ホーク

ノウワオオウー

チ[*3]・ソ・カㇻ・ホーク

ノウワオオウー

トゥラ・ノ・カイーキ

ノウワオオウー

オカ・ヤサ・イーケ

ノウワオオウー

ヘ[*4]ムトムアニ・ワーノ

ノウワオオウー

ホ[*5]ッケ・ワ・パーテッ

ノウワオオウー

オカ・ルウエー・ネ

ノウワオオウー

ウ[*6]ヤオ・ウーサッ

＊2 チアンテホーク　チ（私＝アイヌの女）、アンテ（置く）、ホク（夫）。

＊3 チソカㇻホーク　チ（私）、ソ（本当）、カㇻ（作る）、ホク（夫）。大事な夫や妻をいう時に、チソカㇻホク（大事な夫）、チソカㇻマッ（大事な妻）という。

＊4 ヘムトムアニワーノ　ヘムヘム（ある時）、アニワノ（から）。

＊5 ホッケワパーテッ　ホッケ（寝る）、ワ（して）、パーテッ（ばかり）。

＊6 ウヤオウーサッ　ウ（意味はない。単に語呂合わせのためにつけた）、ヤ（岸）、オ（入る）、ウサッ（熾《おき》）。薪が燃え、赤く炭火のようになったもの。

手もとの熾《おき》を
炉心《ろしん》へ押《お》し
炉心の熾を手もとへ寄《よ》せる
そうしているうち
前に配った食べ物に
古いかびが
生えてきた
新たに配った食べ物に

ノウワオオウー
[*7]ウレポ・ライーパ
ノウワオオウー
[*8]ウレポ・ウーサッ
ノウワオオウー
[*9]ウヤオ・ライーパ
ノウワオオウー
タヌスコトーイ・ワ
ノウワオオウー
[*10]フシコ・チ・コプンパ・プ
ノウワオオウー
[*11]ウユㇱコ・クーミ
ノウワオオウー
ウホプンパー・ナ
ノウワオオウー
[*12]アシッ・チ・コプンパ・プ

＊7 ウレポライーパ　ウ（語呂合わせの語）、レプ（沖＝炉心をさす）、ライパ（寄せる）。
＊8 ウレポウーサッ　ウ（語呂合わせのための語）、レプオ（炉心）、ウサッ（燠）。
＊9 ウヤオライーパ　ウヤ（陸）、オ（それ）、ライパ（寄せる）。＊6〜＊9までは、夫が囲炉裏端へ座り物思いにふけって、火箸を手に持ち、炉心の燠を手もとへ寄せ、手もとの燠を炉心へ押しやっている様子。
＊10 フシコチコプンパプ　フシコ（古い）、チ（私）、コ（それ）、プニ（起こす）、パプ（それら＝食べ物）。
＊11 ウユㇱコクーミ　ウフシコ（古い）、クミ（かび）。
＊12 アシッチコプンパプ　アシリ（新しい）、チ（私）、プニ（起こす、配る）、パプ（それら＝食べ物）。新しく配った食べ物。

新しいかびが
生えはじめた
ある日のこと夫は起きて
何事かを
いいたいらしく
二度三度と
生つばを飲み
そのあとでいった言葉は

ノウワオオウー
ウヤシリ・クーミ[*13]
ノウワオオウー
エ・ホプンパー・ナ
ノウワオオウー
オカロッ・ヒーネ
ノウワオオウー
イタッ・ネマーヌプ
ノウワオオウー
エ・ラウン・クーチ[*14]
ノウワオオウー
ウナイパ・カーネ[*15]
ノウワオオウー
ウクル・カシー・ケー[*16]
ノウワオオウー
イタコマーレ[*17]

＊13 ウヤシリクーミ　ウヤシリ（新しい）、クミ（かび）。新しいかびが生えた。
＊14 エラウンクーチ　エ（それ）、ラウン（底ある）、クーチ（声、低い声を）。
＊15 ウナイパカーネ　ウノイパ（ねじる）、カーネ（して）。
＊16 ウクルカシーケー　ウクルカシケ（そのうえ）。
＊17 イタコマーレ　イタッ（言葉）、オマレ（入る）。

次のようなものであった
私[*18]の妻《つま》
いとしい人
私の言葉を
お聞きください
天の国に
カッコウ神
二人兄弟が

*18 ここから夫であるカッコウ神が話す。

ノウワオオウー
エネ・ヨカー・ヒ
ノウワオオウー
チ[*19]・アンテ・マーチ
ノウワオオウー
チソカㇻ・マーチ
ノウワオオウー
イ[*20]タカン・チーキ
ノウワオオウー
エ[*21]・ピリカ・ヌーナ
ノウワオオウー
リ[*22]クン・カントー・タ
ノウワオオウー
ウカッコッ・カームイ
ノウワオオウー
ト[*23]ゥ・イリワッ・ネーワ

＊19 チアンテマーチ　チ（私）、アンテ（置く）、マーチ（妻）。私（カッコウ神）の妻よ。
＊20 イタカンチーキ　イタッ（言葉）、アン（ある）、チーキ（なら）。私がいうので。
＊21 エピリカヌーナ　エ（お前）、ピリカ（よく）、ヌ（聞く）、ナ（よ）。よく聞いてくれ。
＊22 リクンカントータ　リクンカント（天の国）、タ（に）。
＊23 トゥイリワッネーワ　トゥイリワッ（二人兄弟）、ネ（なる）、ワ（して）。

私たちで
弟の方が
私でした
神の国で
似《に》合《あ》いの妻《つま》を
探《さが》したけれど
いなかった
アイヌの国へ

ノウワオオウー
ウヤナナイーケ
ノウワオオウー
ポ[*24]ニユネ・カームイ
ノウワオオウー
ア・ネ・ルウェー・ネ
ノウワオオウー
カムイ・モシッー・タ
ノウワオオウー
ア[*25]・ヤイ・コトムカ・プ
ノウワオオウー
ア[*26]ウナラ・ヤーッカ
ノウワオオウー
イ[*27]サム・ルウェー・ネ
ノウワオオウー
アイヌ・モシールン

＊24 ポニユネカームイ　ポニユネ（小さい方）、カムイ（神）。
＊25 アヤイコトムカプ　ア（私）、ヤイ（自身）、コトム（似合う）、カ（させる）、プ（者）。
＊26 アウナラヤーッカ　ア（私）、フナラ（探した）、ヤッカ（けれど）。
＊27 イサムルウェーネ　イサム（いない）、ルウェ（様子）、ネ（だ）。

目を転じたら
あなたの器量は
神の女に劣《おと》らず
私は一目で魅《み》惑《わく》された
そのために
この場所へ
家とともに
降《お》りてきて

ノウワオオウー
インカラン・キーコロ
ノウワオオウー
エ[*28]・コロ・シレートッ
ノウワオオウー
カムイ・シレートッ
ノウワオオウー
ア[*29]コ・ヨヨイーセ
ノウワオオウー
ウ[*30]タンペ・クース
ノウワオオウー
タヌシケ・ユンーノ
ノウワオオウー
チ[*31]セ・トゥラー・ノ
ノウワオオウー
ウラナン・キーワ

＊28 エコロシレートッ　エ（お前）、コロ（持つ）、シレトッ（器量）。お前の器量、お前の美しさ。

＊29 アコヨヨイーセ　ア（私）、コ（それ）、ホヨイセ（好ましい、好きだ、欲しい）。「アコヨヨイーセ」とあるが、一言でいう時はホヨイセという。

＊30 ウタンペクース　ウ（語呂合わせの語）、タ（これ）、アンペ（あるもの）、クス（ため）。

＊31 チセトゥラーノ　チセ（家）、トゥラノ（一緒に）。

あなたと結《けっ》婚《こん》して暮《く》らしていたが
天の国の
カッコウ神
私の父神が
二つの伝言
三つの言づけ
火の神様へ
降《お》ろしてきた

ノウワオオウー
ウ[*32]ヤナ・コローカ
ノウワオオウー
リ[*33]クン・カントー・ワ
ノウワオオウー
ウカッコッ・カームイ
ノウワオオウー
カムイ・ア・オーナ
ノウワオオウー
ト[*34]ゥ・ソンコ・イーキリ
ノウワオオウー
レ[*35]・ソンコ・イーキリ
ノウワオオウー
イ[*36]レス・フーチ
ノウワオオウー
タン・パセ・カームイ

＊32　ウヤナコローカ　ウ（語呂合わせの語）、アン（いた）、コロカ（けれども）。
＊33　リクンカントーワ　リクン（上）、カント（大空）、ワ（から）。
＊34　トゥソンコイーキリ　トゥ（二つ）、ソンコ（伝言）、イキリ（列）。
＊35　レソンコイーキリ　レ（三つ）、ソンコ（伝言）、イキリ（列）。
＊36　イレスフーチ　イ（それ＝人間）、レス（育てる）、フチ（婆）。私たちを育てる神、すなわち火の神様。火の神はアイヌと一緒に暮らしている頼れる神なので、火の神を通して諸々の神と話をすることになっていた。

夜も昼もそれが続き
根負けしたカッコウ神の私は
明日《あす》になったら
天の国へ帰ることに
なってしまった
私が帰[*37]ったその後は
アイヌの女の
あなたですので

*37 天の国へ帰ったら。

ノウワオオウー
ウクンネ・トーカプ[*38]
ノウワオオウー
コ・アン・ワ[*39]
ノウワオオウー
タネアナーッネ[*40]
ノウワオオウー
ニサッタ・アーニ[*41]
ノウワオオウー
リキン・アン・ヤーッカ[*42]
ノウワオオウー
イヨカケー・タ
ノウワオオウー
アイヌ・メノーコ
ノウワオオウー
エ・ネヤプ・クース[*43]

＊38　ウクンネトーカプ　ウクンネ（夜）、トカプ（昼）。夜となく昼となく。
＊39　コアンワ　コ（それ）、アン（ある）、ワ（して）。
＊40　タネアナーッネ　タネ（今）、アナッネ（は）。今は、今すぐに、の意。
＊41　ニサッタアーニ　ニサッタ（明日）、アニー（ある）。
＊42　リキンアンヤーッカ　リキン（上がる）、アン（私）、ヤッカ（けれども）。
＊43　エネヤプクース　エ（お前）、ネ（なる）、アプ（である）、クス（ために）。

精神《せいしん》のいい
アイヌの若者《わかもの》を
私の代わりに
寄《よ》こしましょう
その若者《わかもの》と
結婚《けっこん》したら
私と暮《く》らしていた
それ以上とは

ノウワオオウー
ウケウトゥム・カーシ[*44]
ノウワオオウー
ラモシマーペ
ノウワオオウー
アイヌ・ヨッカイーポ[*45]
ノウワオオウー
ア・エッテワ・ネーヤッ[*46]
ノウワオオウー
トゥラノ・エーヤン[*47]
ノウワオオウー
アニ・ヤナーッネ
ノウワオオウー
イ・トゥラ・エ・ヤン[*48]
ノウワオオウー
カス・ヤッカーリ[*49]

＊44 ウケウトゥムカーシ　ウは語呂合わせのための語。ケウトゥム（精神）、カーシ（上）。

＊45 アイヌヨッカイーポ　アイヌ（人間）、オッカイポ（若者）。アイヌの若者を。

＊46 アエッテワネーヤッ　ア（私）、エッテ（寄こす）、ワ（する）、ネヤッネ（ならば）。

＊47 トゥラノエーヤン　トゥラノ（一緒に）、エ（お前）、アン（いる）。

＊48 イトゥラエヤン　イ（私）、トゥラ（一緒）。

＊49 カスヤッカーリ　カス（越える）、アッカリ（過ぎる）。私と過ごした楽しい生活以上とまではいわないまでも、の意。

いわないまでも
そのうちに
子どもも生まれ
不自由なしに
暮らすことが
できるでしょう
[*50]アイヌ風の礼《らい》拝《はい》を
相重ねつつ聞かせてくれた

＊50　ここからまたカッコー神の妻の語りになる。

＊51　ウヨンネヨールン　ウ（語呂合わせの語）、オンネ（老いる）、オルン（方へ）、オンネクル（年老いた人）。老人が死んだ時にライ（死んだ）といわないで、オンネヤッアイエ（老いたそうだ）という時に、オンネを使う。

ノウワオオウー
ソモ・ネヤーッカ
ノウワオオウー
ウヨンネ・ヨールン[*51]
ノウワオオウー
エ・ポ・コロ・カー・キ[*52]
ノウワオオウー
シリキラプ・サーッ・ノ[*53]
ノウワオオウー
エ・ヤンクシ・ネーナ
ノウワオオウー
セコロ・カーイペ
ノウワオオウー
オトゥ・ネ・アーシケ[*54]
ノウワオオウー
ウノイパ・カーネ

＊52　エポコロカーキ　エ（お前）、ポ（子ども）、コロ（持つ）、カ（も）、キ（する）。
＊53　シリキラプサーッノ　シリキラプ（不自由）、サッ（なく）、ノ（まったく困ることなく、何不自由なく）。
＊54　オトゥネアーシケ　オトゥネ（それ二つ）、アシケ（指）。アイヌ風の礼拝をさす。アイヌの男のあいさつは、座ったまま肘を脇腹にくっつけたまま腕を前へ出し、掌を合わせ、左手の指の間へ右手の指を軽く挟むようにして擦り合わせる。それを二、三度繰り返して、掌を上へ向けて数回上下させる。それをこのカムイユカラでは「オトゥネアーシケ、ウノィパカーネ（二つの指を擦り合わせ、相重ねつつ）」と表現。女性のあいさつは、左手の人差し指へ右手の人差し指をそって擦って、そのまま右手を上げてきて、人差し指で上唇をなでる。

次の朝
暗いうちに
夫は起きて
カッコウの絵の
神*55の小《こ》袖《そで》を
重ね着して
おごそかに外へ出て
二つの舞《まい》を

*55 神の小袖とは、アイヌのアッシとは違う、絹のようなもの。

ノウワオオウー
ウソンノ・ポーカ
ノウワオオウー
ノクンネイワー・ノ
ノウワオオウー
ホプンパ・ヒーネ
ノウワオオウー
ウカッコッ・ノーカ
ノウワオオウー
カムイ・コソーンテ
ノウワオオウー
ウシ・クル・カー・ユン
ノウワオオウー
イヨ・ピラーサ
ノウワオオウー
オトゥ・タプカーン・ル[*56]

＊56　オトゥタプカーンル　オ（それ）、トゥプ（二つ）、タプカㇻ（舞）、ル（道）。タプカㇻというのは男性が行う一種の舞で、舞い方は、きちんとししゅうをした着物を着て、頭にサパンペというブドウヅルの皮で編んだ冠をつける。エムシアッ（刀授帯）につけた刀を体の前に下げて立ち、両手を前へ出し軽く上下させ礼拝する。そのあと右足や左足を交互に一〇センチぐらい上げて、力足を踏み鳴らしながら、半歩ずつ前へ進む。後ろへ女が一人つき従うが、妻ではなく他人がつくことになっている。

三つの舞を
舞《ま》ううちに
空高く舞い上がった
夫よおうっ夫よおうっ
いとしい人よと
妻《つま》であるわたしが呼《よ》ぶと
落とす涙《なみだ》は
豪《ご》雨《う》のように

ノウワオオウー
オレ・タプカーン・ル
ノウワオオウー
ウ・カ・クシパー・レ
ノウワオオウー
リキン・ワ・ヤーラパ
ノウワオオウー
アヤンテ・ヨーク[*57]
ノウワオオウー
ア・ソカラ・ヨーク[*58]
ノウワオオウー
イタカン・キーコロ
ノウワオオウー
ウチシ・ヌペー・ヒ
ノウワオオウー
ルヤプト・クーンネ[*59]

＊57 アヤンテヨーク　ア（私）、アンテ（置く）、ホーク（夫）。
＊58 アソカラヨーク　ア（私）、ソカラ（大切）、ホーク（夫）。
＊59 ルヤプトクーンネ　ルイ（強い）、アプト（雨）、クンネ（ように）。

わたしの体へ
降《ふ》り注ぎ
空の彼方《かなた》へ消えていった
そのあとで
夜も昼も
二[*60]つの清い涙
三つの清い涙
流しながら

＊60「二つの…、三つの…」という形は、先にも「二つの伝言、三つの言づけ」とあった。流れるような調子を出すのに効果的な使い方。ペケレは清い、明るい、などの意であり、夫を見送る妻の嘆きの清らかな涙の様子をいっている。

ノウワオオウー
イ・クル・カーシ・ケ
ノウワオオウー
イ・ヨピラーサ
ノウワオオウー
リ[61]キン・ワ・イーサム
ノウワオオウー
オ[62]カケヘータ
ノウワオオウー
ウ[63]クンネ・トーカプ
ノウワオオウー
ト[64]ゥ・ペケンヌーペ
ノウワオオウー
レ・ペケンヌーペ
ノウワオオウー
ア[65]・ヤイ・コ・ランーッ

＊61　リキンワイーサム　リキン（上がる）、ワ（して）、イサム（いない）。
＊62　オカケヘータ　オカケ（後）、ヘタ（に）。舞い上がった後に。
＊63　ウクンネトーカプ　クンネ（夜）、トーカプ（昼も）。
＊64　トゥペケンヌーペ　トゥ（二つ）、ペケレ（清い、清らか）、ヌペ（涙）。
＊65　アヤイコランーケ　ア（私）、ヤイ（自身）、ランケ（下ろす）。

暮《く》らしていた
ある日のことどこからか
立派《りっぱ》な若者《わかもの》
やって来て
わたしと一緒《いっしょ》に
いるうちに
二人の間に二、三人の
子どもが生まれ

ノウワオオウー
ウヤナナーワ
ノウワオオウー
ウ*66ネイワ・シーノ
ノウワオオウー
ピ*67リカ・ヨッカイーポ
ノウワオオウー
ウヤリキ・イーネ
ノウワオオウー
オカ・ロッ・キーネ
ノウワオオウー
トゥラ・ノ・ヤーナン
ノウワオオウー
オトゥ・ポ・レー・ポ
ノウワオオウー
ア*68ウコ・コロ・キーナ

*66 ウネイワシーノ　ネイワ（どこから）、シノ（だろう）。
*67 ピリカヨッカイーポ　ピリカ（立派、美しい）、オッカイポ（若者）。一語で「若者」という時はオッカイポだが、このようにカムイユカラでいう時は、ヨッカイポに聞こえるので、本文はそれに従った。
*68 アウココロキーナ　ア（私）、ウ（互い）、コ（それ）、コロ（持つ）、キ（する）、ナ（よ）。二人の間に子どもが生まれた。

何不自由なく
暮らしていたが
どうしたことか
急に急に
大病にかかり
今はもう死にそうに
なってしまった
わたしが死んでも

ノウワオオウー
シリキラプ・サーッノ
ノウワオオウー
アナナ・コローカ
ノウワオオウー
ネユン・ナン・クース
ノウワオオウー
ウヘム・シエーエ[*69]
ノウワオオウー
ウヘム・タスーミ[*70]
ノウワオオウー
アキ・ロッ・キーネ
ノウワオオウー
タネヤナーッネ
ノウワオオウー
オンネ・ヤン・ヤークン[*71]

＊69　ウヘムシエーエ　ウヘム（急に）、シエーエ（病気）。
＊70　ウヘムタスーミ　ウヘム（急に）、タスーミ（病気）。
＊69はイェムに聞こえ、＊70はヘムに聞こえるが、急にということで意味が同じ。シエエもタスミも病気ということで、同じ意味でも別々にいうのは、子どもたちにできるだけ言葉を覚えさせるには、いいことであろう。そのほか病気という言葉には、イコニ、ヤイヌミウェンなどがある。
＊71　オンネヤンヤークン　オンネ（死ぬ）、アン（ある）、ヤークン（ならば）。

先祖《せんぞ》の国
神[*72]の国へは
行くことなく
天の国の
神の夫のその御許《みもと》へ
行くことになっている
息子《むすこ》や娘《むすめ》よ
お前たち二人
いるけれど
わたしの先祖《せんぞ》へ

＊72 神の国と天の国は、言葉のあやとして用いているだけで同じ意。

ノウワオオウー
シンリッ・モシールン
ノウワオオウー
カムイ・モシールン
ノウワオオウー
ソモ・ヤラパ・ヤン
ノウワオオウー
リクン・カントー・ユン
ノウワオオウー
カ[*73]ムイ・アヨーク
ノ[*74]ウワオオウー
オ・リキン・アン・クス・ネクス
ア・ポホ・ウタリ・ア・マッネポ
ウタリ・トゥ・エチ・ネ
エチ・オカ・クス
ア・マッネポ・エ・ネ

＊73 カムイアヨーク　カムイ（神）、ア（私）、ホク（夫）。単語どおりに表記すると「カムイアホク」になるが、テープだけ聞いてもあとで迷わないようにと思い、本文の表記は聞こえる音に従った。
＊74 サケへはここで終わり、以下語りの口調になる。

供養《くよう》の品々
贈《おく》ったとしても
わたしはそれを
受け取ることが
できません
息子よ
天の国
神の国へ
イナウと酒を

贈ってください
そればかりも
わたしが受け取り
神の国の
夫とともに
それを飲み食い

＊75 シンリッオルン　シンリッ（根っこ）、オルン（所）。アイヌは自分の先祖のことをシンリッ（根っこ）という。

シ[75]ンリッ・オルン
カムイ・モシルン
エ[76]チ・シンヌラッパ・ヤッカ
ネイワカ　アウッカ
ソモ・キ・クス
ア・ポホ・エ・ネ・ワ
リクン・モシルン
カムイ・モシルン
イナウ・アニ
トノト・アニ
イ[77]・イェ・イッラ・ヤッネ
タ[78]ンペ・ポカ
ア[79]・コ・オンカミ・ワ
カムイ・エカシ・ヘタプ
カ[80]ムイ・ア・ホク・ヘタプ
トゥラ・ノ・ア・キイ・トノト

＊76　エチシンヌラッパヤッカ　エチ（お前たち）、シンヌラッパ（先祖供養）、ヤッカ（しても）。アイヌの先祖供養の仕方は、お膳においしい食べ物をのせて囲炉裏端へ置き、火の神へ、この物を神の国の先祖の所へ贈ってくださいとお願いをする。そのあと、それを外の祭壇の前へ置く。

＊77　イイェイッラヤッネ　イ（私）、イッラ（送る）、ヤッネ（ならば）。

＊78　タンペポカ　タアンペ（これある物）、ポカ（ばかりも）。

＊79　アコオンカミワ　ア（私）、コ（それ）、オンカミ（礼拝）、ワ（して）。

＊80　カムイアホクヘタプ　カムイ（神）、ア（それ）、ホク（夫）、ヘタプ（だろうか）。ここで、ヘタプ（だろうか）と疑問をもっているのは、これから自分が死んで神の国の夫のもとへ行けるとは思っているが、と多少の疑問をもっているため。

することができるであろう
と一人のアイヌの女が語りました

アンキ・クシネナ
シコロ・シネ・アイヌ‐メノコ・
ハウェアン

語り手　平取《びらとり》町貫気別《ぬきべつ》
　　　　黒川ちねぷ
（昭和36年10月29日採録）

解説

ノウワオオウー、チアンテホーク、ノウワオオウー、チソカㇻホーク……。このカムイユカㇻ（神謡《しんよう》）のサケヘは、「ノウワオオウー」と言い、一人のアイヌの女が、自分の夫を、人間ではなくカッコウの神と知らずに結婚《けっこん》をしていましたが、神の国のカッコウ神の父親から、火の神様を通じて息子《むすこ》を帰すように伝言が来て帰っていく様子です。

最初にあげた食べ物にもかびが生えて、次にあげた食べ物にも、かびが生えるという、日時の経過《けいか》がよく描写《びょうしゃ》されています。それと、火箸《ひばし》を手に持った夫が、物思いにふけって手前の燠《おき》を炉《ろ》の中心へ押《お》しやり、中心にある燠を手前へ寄《よ》せる様子は、囲炉裏《いろり》を知っている者にとっては、実によくわかるし、本当にあった情景《じょうけい》です。妻《つま》を残して神の国へ帰るといい出しにくく、もじもじしているしぐさです。

女が早死にすることですが、神と人間が結婚したような場合には、神は一足先に神の国へ帰って、人間である妻を呼《よ》びます。しかし、あまり年老いたフチ（おばあさん）では困《こま》りますので、まだ若《わか》いうちに「死」という形をとり、魂《たましい》を天の国へ呼んで復活《ふっかつ》させ、結婚することになります。

女が死に際し、子どもたちへ遺言《ゆいごん》している意味は、普通《ふつう》の供養《くよう》と同じにされても供物《くもつ》を受け取れないので、天の国のカッコウの神へ贈《おく》ってくれといっているのです。普通の供養は、死んだ者へ供物を贈ると称《しょう》して、お膳《ぜん》に供物を入れて囲炉裏端《ばた》へ出し、火の神様に先祖《せんぞ》の所へ贈りとどけてくださいとお願いをします。これをシンヌラッパ（先祖供養）といいます。

語り手の黒川ちねぷフチは、この話を聞かせてくれたあと、あまり年数をおかないで亡《な》くなられたので、私のテープにはこのほかに二、三話があるくらいです。カムイユカラを語る口調《くちょう》は、古い形をよく残しているいい方でした。

■アイヌの民具■アペパスイ（火箸《ひばし》）　エソロカンニ（ハナヒデ）という低木で作ります。木質が堅《かた》く、燠を挟《はさ》んでも燃《も》えにくく、火箸に適《てき》しています。幹《みき》の太さは二〜三センチくらいです。囲炉裏の中に火箸を立てておくのを火の神様が嫌《きら》うので、炉縁《ろぶち》にもたせて横にしておきます。

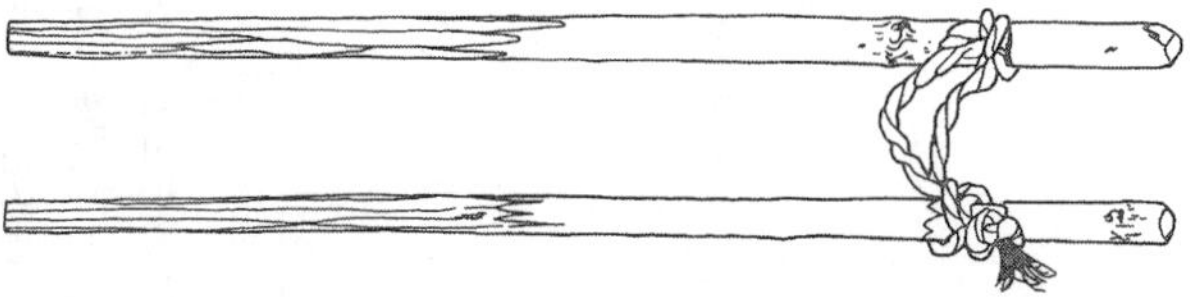

プは貯蔵《ちょぞう》用の倉《くら》で、通気性を考えて四本ないし六本の足を高くして建てます。桁《けた》の上へ直径一〇センチぐらいの丸太、または丸太を二つ割りにしたものを並べ、ブドウヅルでしばります。その上へ柱を建てて、屋根や壁《かべ》をつけますが、沙流《さる》地方はカヤを、旭川地方はササを使うのは、チセ（家）と同じです。

プの中にはヒエやアワの穂《ほ》、冬には干《ほ》し肉《にく》や干し魚を入れたということですが、私が物心ついた昭和五年には、二風谷《にぶたに》でプを実際に使っている家は一軒もありませんでした。ネズミの侵入《しんにゅう》を防ぐため、プに登るはしごも、使うときだけ立てかけます。また柱にはエルムホシピレプ（ネズミ返し）といって、板や木の皮をかぶせたりしました。ネズミの嫌《きら》うイパコパリプ（ゴボウ）の種の外側についている、釣針の先のようないがを柱に巻きつけておくのがいちばん効果がありました。

昔は、火事を出した家の人は、すぐには他家へ入れずに、プの足へござを張り巡《めぐ》らし、その中へ寝かせたそうです。悪い運を他家に背負い込まないためであったそうです。

プ（足高倉）

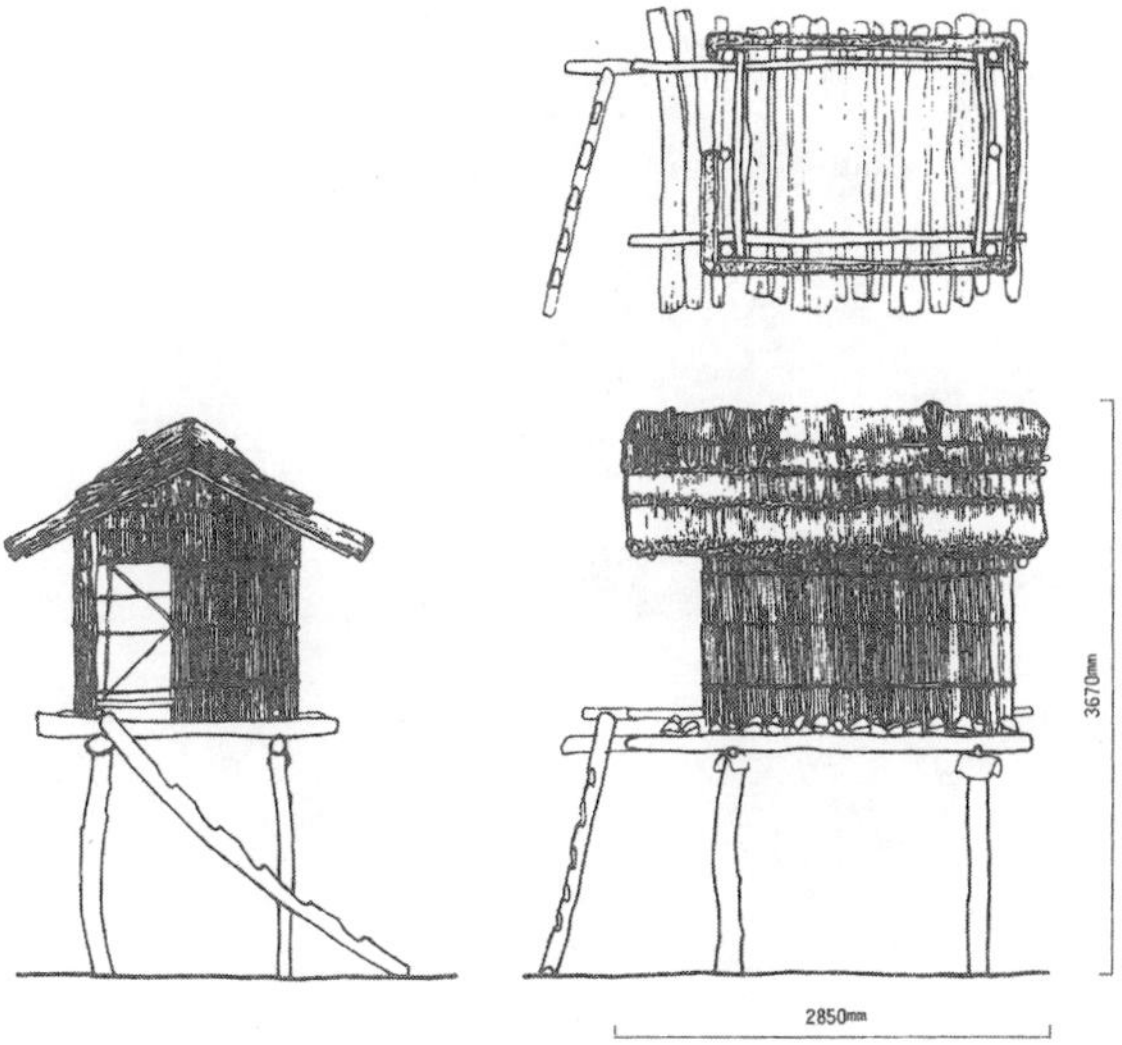

大空に描《えが》いた

コタン

私のコタン（村）が
見たくなり
そのために
食事を取らず
二[*1]回食う分
三回食う分
その近くへ
顎《あご》もやらない

＊1「二…、三…」の形は、カムイユカラにしばしば使われる。

アンナホーレホレホレ
[*2]ア・コロ・コタン・ポ
アンナホーレホレホレ
[*3]アネシカルン
アンナホーレホレホレ
タンペ・クース
アンナホーレホレホレ
[*4]トゥ・イペ・ソモ・アーキ
アンナホーレホレホレ
トゥスイ・チェ・クーニ・プ
アンナホーレホレホレ
レスイ・チェ・クーニ・プ
アンナホーレホレホレ
[*5]トゥカリ・ケーへ
アンナホーレホレホレ
[*6]ア・ノテチューワ

＊2 アコロコタンポ　ア（私）、コロ（持つ）、コタン（村）、ポ（が）。
＊3 アネシカルン　ア（私）、エシカルン（見たくなった、会いたくなった）。「私」は、オキクルミという神の妻。彼女が自分のことを語っている。以前アイヌのコタンにいたことがあり、現在は神の国で暮らしているが、アイヌのコタンが恋しくなり、食事を口にしない。
＊4 トゥイペソモアーキ　トゥ（二つ）、イペ（食べる）、ソモ（違う）、ア（私）、キ（する）。私は食べない、という意。
＊5 トゥカリケーへ　トゥカリ（近く）、ケーへ（へ）。その近くへということは、食べ物の近くへということ。
＊6 アノテチューワ　ア（私）、ノッ（顎）、エチュー（押す）、ワ（する）。物を食べたくないので、食べの物の近くへ顎も近づけない、という意。

そのうちに
今はもう
死んだ者と
同じだと
自分のことを
思っていた
そのような
ある日のこと

アンナホーレホレホレ
アナ・ナイネ
アンナホーレホレホレ
タネ・アナクネ
アンナホーレホレホレ
ライ・クーニ・プ[*7]
アンナホーレホレホレ
ア・ネ・キ・フーミ
アンナホーレホレホレ
ウネクーナッ
アンナホーレホレホレ
ア・ラム・キーコロ[*8]
アンナホーレホレホレ
アナナイネ
アンナホーレホレホレ
ア・コロ・ユーピ[*9]

＊7 ライクーニプ　ライ（死ぬ）、クーニプ（であるもの）。このまま死ぬであろう。
＊8 アラムキーコロ　ア（私）、ラム（思い）、キ（する）、コロ（ながら）。私は死ぬと思いながら。
＊9 アコロユーピ　ア（私）、コロ（持つ）、ユーピ（兄）。この兄は夫のこと。カムイユカラやユカラには、夫のことを兄ということがある。

私の兄が
外へ出たが
帰る時を
過《す》ぎても
帰らず
ようやくのこと帰ってきて
いうことには
妹よ

アンナホーレホレホレ
ソイェンパー・ワ[*10]
アンナホーレホレホレ
アフプ・クーニ[*11]
アンナホーレホレホレ
カスノ・イーサム
アンナホーレホレホレ
カスノ・イーサム
アンナホーレホレホレ
キ・ルウェ・ネ・アイネ
アンナホーレホレホレ
アフプ・アークス
アンナホーレホレホレ
エネ・イータキ
アンナホーレホレホレ
ア・コロ・トゥレーシ[*12]

＊10 ソイェンパーワ　ソイェンパ（外へ出た）、ワ（する）。
＊11 アフプクーニ　アフプ（入る）、クーニ（であろう）。カムイユカラでは語呂合わせのためにクーニとのばすが、普通は、クニ。同様にイーサムはイサムであり。アークスはアクスが普通のいい方。
＊12 アコロトゥレーシ　ア（わたし）、コロ（持つ）、トゥレーシ（妹）。わたしの妹よといっているが、わたしの妻よ、という意。

わたしたちのコタンを
慕《した》うあまり
食べ物を
食べもしないで
いるうちに
今はもう
死を待つばかり
お前がこのまま

アンナホーレホレホレ
ア・コロ・コタンーポ
アンナホーレホレホレ
エ[*13]・エシカールン
アンナホーレホレホレ
タ[*14]ンペ・クース
アンナホーレホレホレ
ト[*15]ゥ・スイ・チェ・クーニプ
アンナホーレホレホレ
レ・スイ・チェ・クーニプ
アンナホーレホレホレ
ソモ・エエーノ
アンナホーレホレホレ
エ[*16]・アン・アイーネ
アンナホーレホレホレ
エ[*17]・ライ・ワ・ネーワ

＊13 エエシカールン　エ（お前）、エシカールン（見たい、会いたい、慕う）。
＊14 タンペクース　タンペ（この物）、クース（ため）。
＊15 トゥスイチェクーニプ　トゥスイ（二回）、チ（私）、エ（食う）、クーニプ（であるもの）。
＊16 エアンアイーネ　エ（お前）、アン（いる）、アイーネ（そして）。お前がそのままいて。
＊17 エライワネーワ　エ（お前）、ライ（死ぬ）、ワ（して）、ネーワ（なら）。お前が死んでしまうならば。

死んだならば
国土のために
コタンのために
ならないことだ
それでわたしは
外へ出て
その昔に住んだコタン
二つの情景《じょうけい》

アンナホーレホレホレ
ネワ・ネーヤッ
アンナホーレホレホレ
モシリ・エ・ウェンー・ペ[*18]
アンナホーレホレホレ
コタン・エ・ウェンー・ペ
アンナホーレホレホレ
ネ・ルウー・ネ
アンナホーレホレホレ
キ・ワ・クース
アンナホーレホレホレ
ソイェネ・アーン・ワ
アンナホーレホレホレ
ア・コロ・コターン・ポ
アンナホーレホレホレ
トゥ・ノカ・オローケ[*19]

＊18 モシリエウェンーペ　モシリ（国土）、エ（それ）、ウェン（悪い）、ペ（もの）。この国土のために死んだら困る。
＊19 トゥノカオローケ　トゥ（二つ）、ノカ（形）、オローケ（所）。二つの形、二つの所を。

三つの様子を
大空の表へ
描《えが》いてきた
さあ早く外へ出て
描いたものを
見るがよい
そのように
私の兄が

アンナホーレホレホレ
レ・ノカ・オローケ
アンナホーレホレホレ
ア・ヌイェー・ワ[*20]
アンナホーレホレホレ
アフンナン・キーナ[*21]
アンナホーレホレホレ
ヘタッ・ソイェーンパ[*22]
アンナホーレホレホレ
インカラ・キー・ヤン
アンナホーレホレホレ
セコロカイーペ[*23]
アンナホーレホレホレ
ア・コロ・ユーピ
アンナホーレホレホレ
エタイェ・カーネ

＊20 アヌイェーワ　ア（わたし）、ヌイェー（描き）、ワ（して）。大空にコタンの様子を描いたさま。
＊21 アフンナンキーナ　アフン（入る）、キー（した）、ナ（よ）。
＊22 ヘタッソイェーンパ　ヘタッ（さあ急いで）、ソイェーンパ（外へ出て）。
＊23 セコロカイーペ　セコロ（と）、オカイペ（あるもの）。セコロオカイペが、セコロカイペになる。

いったので
外へ出るのも
やっとの思いで
はうように
膝《ひざ》をするように
外へ出て
いわれたとおり
大空を見上げると

アンナホーレホレホレ
キワ・クース
アンナホーレホレホレ
ソ[*24]イェンパー・アン
アンナホーレホレホレ
イ[*25]キ・ヤナーイネ
アンナホーレホレホレ
レ[*26]イェレイェーアン
アンナホーレホレホレ
シ[*27]ヌシヌー・アン
アンナホーレホレホレ
ソイエンパ・アーン・ワ
アンナホーレホレホレ
インカㇻ・アン・ワ
アンナホーレホレホレ
ネ[*28]・ワ・ネチーキ

＊24　ソイエンパーアン　ソイエネ（外へ出る）、パ（それ）、アン（ある）。外へ出ること。

＊25　イキヤナーイネ　イキ（する）、アン（ある）、アイネ（そして）。何日も何か月も食べ物を食べていないから、体が弱っているので、ようやっと外へ出ようとしている。

＊26　レイエレイエーアン　レイエレイエ（はう）、アン（ある）。

＊27　シヌシヌーアン　シヌシヌ（はう）、アン（ある）。

＊28　ネワネチーキ　ネワ（なる）、ネチーキ（ならば）。

空の表へ
本当にも
私たちのコタン
私たちの国土
二つの姿《すがた》
三つの形
描《えが》かれている
その様子と

アンナホーレホレホレ
ニ[*29]シ・コトーッタ
アンナホーレホレホレ
ソ[*30]ンノ・ポーカ
アンナホーレホレホレ
ア・コロ・コターヌ
アンナホーレホレホレ
ア・コロ・モーシリ
アンナホーレホレホレ
ト[*31]ゥ・ノカ・オーロケ
アンナホーレホレホレ
レ・ノカ・オローケ
アンナホーレホレホレ
ア・ヌイェ・キーワ
アンナホーレホレホレ
シ[*32]ラーン・カートゥ

＊29 ニシコトーッタ　ニシ（雲）、コトロ（表面）、タ（に）。掌のことをテッコトロといい、人間が歩く細道の斜面を、フル（坂）、コトロ（面）などと使われる言葉。

＊30 ソンノポーカ　ソンノ（本当）、ポーカ（にも）。

＊31 ここでもまた「二つの…、三つの…」の形が出てくる。

＊32 シラーンカートゥ　シリ（辺り）、アン（ある）、カートゥ（様子）。見たところ、辺りの様子というものは。

いうものは
沙《さ》流《る》川《がわ》の流れ
清らかに
光りかがやき
川辺の平地に
子ジカの群《む》れと
親ジカの群れが
群れ別に走り

アンナホーレホレホレ
エネ・オカー・ヒ
アンナホーレホレホレ
シシリムーカ[*33]
アンナホーレホレホレ
アラパ・ルーコ
アンナホーレホレホレ
マッナターラ
アンナホーレホレホレ
ケナシ・ソ・カータ[*34]
アンナホーレホレホレ
ノカン・ユッ・トーパ[*35]
アンナホーレホレホレ
ルプネ・ユッ・トーパ[*36]
アンナホーレホレホレ
チ・テッテレケー・レ

＊33　シシリムーカ　シシリムカ（沙流川）。日高管内沙流川は、百年前はシシリムカといっていた。本文、次に「清らかに　光りかがやき　川辺の平地に　子ジカの群れ」とあるように、私の子どものころは沙流川は清流そのものであった。
＊34　ケナシソカータ　ケナシ（平地、原っぱ）、ソ（座）、カ（上）、タ（に）。
＊35　ノカンユットーパ　ノカン（小さい）、ユッ（シカ）、トパ（群れ）。
＊36　ルプネユットーパ　ルプネ（大きい）。親ジカの群れ、の意。

沙《さ》流《る》川《がわ》の流れ
流れの中は
小形のサケや
大形のサケ
競ってさかのぼる
水面のサケは
天日で背《せ》が焦《こ》げ
川底を泳ぐサケ

アンナホーレホレホレ
シシリムーカ
アンナホーレホレホレ
ペトッナイー・タ
アンナホーレホレホレ
ノ[*37]カン・チェープ・ルプ
アンナホーレホレホレ
ルプネ・チェープ・ルプ
アンナホーレホレホレ
チホユプ・パーレ
アンナホーレホレホレ
カ[*38]ンナ・チェープ・ルプ
アンナホーレホレホレ
ス[*39]クㇱ・チーレ
アンナホーレホレホレ
ポ[*40]クナ・チェープ・ルㇷ゚

＊37 ノカンチェープルㇷ゚　ノカン（小さい）、チェプ（魚）、ルㇷ゚（群れ）。魚の総称をチェプ。チ（われら）、エㇷ゚（食べ物）。ここでいう魚はサケのことで、アイヌはサケのことをシペという。シ（本当に、まったく）、エペ（食べ物）といって、本当の主食と呼んでいた。また、丁寧にいう時はカムイチェプ（神の魚）ともいう。
＊38 カンナチェープルㇷ゚　カンナ（表）、チェプ（魚）、ルㇷ゚（群れ）。水面が盛り上がるほどたくさんの魚。
＊39 スクㇱチーレ　スクㇱ（陽光）、チ（煮える）、レ（さす）。水面を泳ぐサケの群れは、太陽の光で背中が焦げるほどだ。
＊40 ポクナチェープルㇷ゚　ポクナ（裏側）、チェプ（魚）、ルㇷ゚（群れ）。川底を泳ぐサケは、の意。

腹《はら》を擦《す》りむき
サケを捕《と》る者
鉤《かぎ》奪《うば》い合い
川原《かわら》の原野に
大ジカの群れ
小ジカの群れ
競い走り
シカ捕《と》る者

アンナホーレホレホレ
スマ・シール*41
アンナホーレホレホレ
チェプ・コイキ・クーニプ
アンナホーレホレホレ
マレプ・ウ・コ・エタイーパ*42
アンナホーレホレホレ
ペッ・ケナシ・カータ
アンナホーレホレホレ
ルプネ・ユッ・トーパ*43
アンナホーレホレホレ
ノカン・ユッ・トーパ
アンナホーレホレホレ
チ・テッテレケー・レ
アンナホーレホレホレ
ユク・コイキ・クーニ・プ

＊41 スマシール　スマ（石）、シル（擦りむき）。魚がたくさんいるので、川底の魚は腹を石にこすって擦りむけるほど。

＊42 マレプウコエタイーパ　マレプ（鉤）、ウ（互い）、コ（それ）、エタイェ（引っぱる）、パ（皆）。マレプというのはアイヌ民族特有の漁具。群れをなす魚をわれ先にと鉤を奪い合っている様子。

＊43 ルプネユットーパ　ルプネ（大きい）、ユッ（シカ）、トパ（群れ）。

後を追う
ウバユリ掘《ほ》る者
小さい袋《ふくろ》を
嫌《いや》がって
大きい袋を
奪《うば》い合い
ヤナギ原は
川岸に生え

アンナホーレホレホレ
オロ・チパスース
アンナホーレホレホレ
トゥレプ・タ・クーニプ[*44]
アンナホーレホレホレ
ノカン・サラーニプ[*45]
アンナホーレホレホレ
ウ・コ・エマーッパ[*46]
アンナホーレホレホレ
ルプネ・サラーニプ
アンナホーレホレホレ
ウ・コ・エタイーパ
アンナホーレホレホレ
スス・ニ・ターイェ[*47]
アンナホーレホレホレ
ホサ・ホチューパ[*48]

＊44 トゥレプタクーニプ　トゥレプ（ウバユリ）、タ（掘る）、クニプ（である者）。ウバユリを掘ろうとする者たちは。北海道に分布するのは、ウバユリの近縁のオオウバユリ。

＊45 ノカンサラーニプ　ノカン（小さい）、サラニプ（袋）。

＊46 ウコエマーッパ　ウ（互い）、コ（それ）、エマカ（嫌がる）、パ（それら）。私こそは働き者と皆に見てもらいたいので、小さい袋を嫌がって、大きい袋を奪い合っている様子。

＊47 ススニターイェ　スス（ヤナギ）、ニ（木）、タイ（林）、エ（それ）。

＊48 ホサホチューパ　ホ（自ら）、サ（前側）、チュー（出る）、パ（皆）。

ハンノキ原は
山すそに生え
野ガヤの原は
川原《かわら》に広がり
オニガヤの原は
後の方に
その様子を見た私
気分がすっかり

アンナホーレホレホレ
ケネ・ニ・ターイェ＊49
アンナホーレホレホレ
ホ・マコチューパ
アンナホーレホレホレ
スプキ・サーリ
アンナホーレホレホレ
ホサ・ホチュー・パ
アンナホーレホレホレ
シ・キ・サーリ
アンナホーレホレホレ
ホマコ・チューパ
アンナホーレホレホレ
アンラマース＊50
アンナホーレホレホレ
アウェ・スーイェ

＊49 ケネニターイェ　ケネ（ハンノキ）、ニ（木）、ターイェ（林）。ハンノキは、ケムネともいう。ケム（血）、ネ（なる）。それは、この木の皮が増血剤になるとかで、出産後に産婦に皮を煎じて飲ませることから。

＊50 アンラマース　ア（私＝オキクルミの妻）、エ（それ）、ラマス（好き、好ましい）。以前住んでいたコタンの様子を見て、私は気分がさわやかになった。

さわやかになった
そのとたんに目の先の絵が消えてしまった
空の表の絵を見てから私は
もとのように健康になりました
とオキクルミの妻《つま》が語りました

ア[*51]ンナホーレホレホレ
キ・ルウェ・ネアイーネ
ア[*52]・シケトコ・ウㇱコサヌ
オロワノ・ピリカノ・アナン・セコロ
オキクㇽミ・マタキ・ハウェアン

＊51 アンナホーレホレホレ　このサケへも、とくに意味はない。このあとは語り口調になるので、サケへは入らない。

＊52 アシケトコウㇱコサヌ　ア（私）、シッ（目）、エトコ（先）、ウㇱ（消える）、ウㇱコサヌ（さっと消えた）。コサヌだけでは、「さっと」とか「ぱっと」とはならないが、接頭語がつく場合は、「さっと消えた」「ぱっと出た」などに用いられる。

語り手　平取町《びらとり》荷負《におい》本村《ほんそん》
木村うしもんか
（昭和36年10月29日採録）

解説

このカムイユカラ（神謡《しんよう》）を聞かせてくれた、木村うしもんかフチ（おばあさん）自身が解説《かいせつ》してくれた言葉そのままを、ここへ記します。

「シケレペの向かいにオキクㇽミカムイが妹と二人で暮《く》らしていたが、シケレペのコタン（村）が飢饉《ききん》になって、コタンの者が食う物がなくなった。オキクㇽミカムイは海へ行って魚を捕《と》ったり、クジラを捕ったりして、それを煮《に》て大きなお椀《わん》にいっぱい入れては妹に持たせ、一軒《いっけん》一軒に運ばせた。戸から入らずに、窓《まど》から手だけ家の中へ伸《の》ばし魚などを配り歩いているうちに、貧乏《びんぼう》でばかな男が女の手を見て、どんな顔の人だろうと、お椀を取らずに手をつかまえた。それをオキクㇽミカムイが怒《おこ》って、妹と一緒《いっしょ》に神の国へ帰ってしまった。

二人は神の国へ帰ったが、オキクㇽミカムイの妹は暮らしていたアイヌのコタンが恋《こい》しくなり、病気になってしまった。困《こま》ったオキクㇽミカムイは、大空の表へ沙流川《さるがわ》の様子を描《えが》き、妹に見せてもとのように元気になったということです」

シケレペという地名は、平取町《びらとり》荷負市街《におい しがい》から一キロほど上流の所にあるコタンの名前です。

ユカㇻ（英雄叙事《じょじ》詩）とかカムイユカㇻに出てくる妻《つま》の表現《ひょうげん》は、マタキ（妹）という語を使うことがあります。したがって、アイヌ語をよく知らない人が、アイヌ社会では近親結婚《けっこん》の風習ありといい、物議をかもした例を聞いたことがあります。ユカㇻやカムイユカㇻには、妻のことを妹と呼《よ》ぶことが多く、また夫を兄と呼ぶことをあらかじめ知っておいた方がよいでしょう。

万一にも兄妹で結婚するようなことがあったとしたら、ウコセタネ（互《たが》いに犬になった）といって大変に軽蔑《けいべつ》されるので、絶対《ぜったい》といってもいいほどそんな結婚話は聞いたことがありません。

本文に出てくる描写《びょうしゃ》の、ヤナギは川の岸辺に、ハンノキは山のふもとになど、木の生え具合やカヤ原は他の作品にもよく出ています。

■アイヌの民具■スワッ（炉《ろ》かぎ） 外枠《そとわく》はクッチプンカㇻ（コクワヅル）を囲炉裏《いろり》の灰《はい》の中で蒸《む》して、柔《やわ》らかくしてからU字形に曲げます。長さ一メートル、直径《ちょっけい》約四センチ。鍋《なべ》を掛《か》けるかぎ棒《ぼう》は、堅《かた》く、粘《ねば》りがあって割《わ》れにくいトペニ（カエデ）を削《けず》って作ります。長さ約五〇センチ。

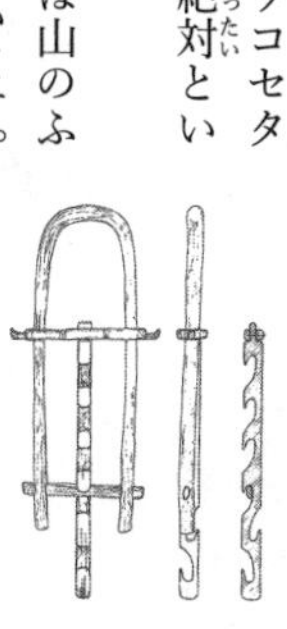

カケスとカラス

一つのヒエの穂《ほ》
倉から降《お》ろし
その穂を皆《みな》で臼にした
酒を醸《かも》しに
六つの行器《ほかい》
上座《かみざ》へ据《す》え
六つの行器
下座へ据え

ハンチキキ
[*1]シネ・アマム・プㇱ
ハンチキキ
チ・プ・イカレ
ハンチキキ
[*2]チ・キソキソ
ハンチキキ
[*3]サケ・ネ・チ・カㇻ
ハンチキキ
[*4]イワン・シントコ
ハンチキキ
[*5]ロロ・チョ・ライェ
ハンチキキ
イワン・シントコ
ハンチキキ
[*6]ウトゥル・チョ・ライェ

＊1　シネアマムプㇱ　シネㇷ゚（一つ）、アマム（ヒエやアワなどの穀類をいう）、プシ（穂）。

＊2　チキソキソ　チ（われら）、キソキソ（くちばしでつつくこと）。

＊3　サケネチカㇻ　サケ（酒）。ネ（に）、チ（私たち）、カㇻ（作る、醸す）。普通、酒をアイヌ語でサケというが、丁寧に言う場合はトノトという。

＊4　イワンシントコ　イワン（六つ）、シントコ（行器）。六という数字は片手の指で数えられないので、たくさんの意。

＊5　ロロチョライェ　ロロ（上座）、チ（私たち）、オ（それ）、ライェ（寄せる）。

＊6　ウトゥルチョライェ　ウトゥル（下座）、チ（私たち）、チオ（それ）、ライェ（寄せる）。家の中で上座の方へ六個の行器、下座の方へ六個の行器というふうに、家の中にたくさん据えたということ。

二日か三日
過《す》ぎたある時
酒の神が誕生《たんじょう》し
神の芳香《ほうこう》
家懐《ふところ》に
渦《うず》を巻《ま》いた
それをかいだ
わたし[*7]は

*7 主人公はスズメ神。

ハンチキキ
トゥク・コ・レレコ
ハンチキキ
シラン・テッ・コロ
ハンチキキ
トノト・カムイ[*8]
ハンチキキ
カムイ・フラ[*9]
ハンチキキ
チセ・オンナイ[*10]
ハンチキキ
エ・トゥシナッキ[*11]
ハンチキキ
ウ・キ・ルウェ・ネ
ハンチキキ
タポロタ

*8 トノトカムイ　トノト（酒）、カムイ（神）。

*9 カムイフラ　カムイ（神）、フラ（芳香）。酒の香りを単なる香りとは思わずに、神の芳香、と表現したところが、カムイユカラらしい。それが家懐いっぱいに渦を巻いているという描写は、古代からアイヌ民族がいかに酒を大切な生き物、魂あるものと考えたかがわかるような気がする。

*10 チセオンナイ　チセ（家）、オンナイ（中または内側の意）。

*11 エトゥシナッキ　エ（それ）、トゥシナッキ（渦巻く、棚引く）。

神々全部を
招待《しょうたい》して
飲みの宴《えん》を
食いの宴を
繰《く》り広げた
そのうちに
カケス男が
立ち上がり

ハンチキキ
カムイ・オピッタ
ハンチキキ
アシケ・ア・ウッ[*12]
ハンチキキ
イク・マラプト[*13]
ハンチキキ
イペ・マラプト
ハンチキキ
ア・ウコマシテッカ
ハンチキキ
タポロタ
ハンチキキ
エヤミ・オッカヨ[*14]
ハンチキキ
タプカラタプカラ

＊12 アシケアウッ　アシケ（招待）、ア（わたし）、ウッ（取る）。アシケ、アシケペッの原義は指のこと。イヨマンテ（クマ送り）など大事な行事の時に、サケイユシクル（祭司）を家の入口まで出て迎える場合、祭司の右手を軽く握って招じ入れる。これをアシケウッ（指を取る）という。それが招待という言葉になっているが、普通用いられる時にはイヤシケウッ、イ（それ、人）、アシケ（指）、ウッ（取る）。これで招待という意味になる。イヤシケウッには、はっきりもののいえる若者が二人で行く。大事なことを忘れないため。

＊13 イクマラプト　イク（飲む）、マラット（宴、宴会）。

＊14 エヤミオッカヨ　エヤミ（カケス）、オッカヨ（男）。

舞《まい》を舞《ま》いつつ
外へ出て
しばらくして
ドングリ一つ
口にくわえて
入ってきた
酒《さか》桶《おけ》の中へ
トポンと入れた

ハンチキキ
ソイワ・サムワ
ハンチキキ
オ・シ・ライェ
ハンチキキ
シラナイネ
ハンチキキ
シ[*15]ネ・ニセウ・ヌム
ハンチキキ
エ[*16]・クパ・カネ
ハンチキキ
ア[*17]フプ・キワ
ハンチキキ
サ[*18]ンシントコ・オロ
ハンチキキ
エ[*19]カッタナ

＊15 シネニセウヌム　シネプ（一つ）、ニセウ（ドングリ）、ヌム（粒）。
＊16 エクパカネ　エクパ（くわえる）、カネ（して）。
＊17 アフプキワ　アフプ（入る）、キ（する）、ワ（して）。カケスが、一粒のドングリをくわえて、家の中へ入ってきた。
＊18 サンシントコオロ　サイシントコ（たがの入った行器）、オロ（へ、に）。
＊19 エカッタナ　さっと入れた。エカッタという言葉は、ラウェカッタ（棚の上からさっと下ろした）などと、動きの速い表現に用いる。

それを見た
神々全部が
笑《わら》い転げた
その様子を
横目で見ていた
カラスの男
舞《まい》を舞《ま》いつつ
家の外へ

ハンチキキ
タンペクス
ハンチキキ
カムイ・オピッタ
ハンチキキ
エ[*20]・ウ・ミナレ
ハンチキキ
タ[*21]プ・シリキヒ
ハンチキキ
パ[*22]シクル・オッカイ
ハンチキキ
ヌカラ・キ・ワ
ハンチキキ
タ[*23]プカラタプカラ
ハンチキキ
ソイワ・サムワ

*20 エウミナレ　エ（それ）、ウ（互い）、ミナ（笑う）、レ（させる）。カケスのしぐさが面白いので神々が大笑いをしている。

*21 タプシリキヒ　タプ（今）、シリキ（周辺の状況のこと）。その様子をカラスの男が見ている。

*22 パシクルオッカイ　パシクル（カラス）、オッカヨ（男）。

*23 タプカラタプカラ　タプカラ（舞）。タプカラタプカラと続くと「舞を舞いつつ」となる。

出ていった
しばらくして
入ってきた
その様子は
大きな糞《くそ》の塊《かたまり》
口にくわえ
酒《さか》桶《おけ》の中へ
トポンと入れた

ハンチキキ
オ・シ・ライパ
ハンチキキ
シラナイネ[*24]
ハンチキキ
ウェッ・シリ[*25]
ハンチキキ
エネ・オカ・イ[*26]
ハンチキキ
ポロ・シ・タッタッ[*27]
ハンチキキ
エクパ・カネ
ハンチキキ
サンシントコ・オロ
ハンチキキ
エカッタナ

＊24 シラナイネ　シリ（辺り）、アン（ある）、アイネ（そして）。
＊25 ウエッシリ　ウエッ（来た）、シリ（様子）。
＊26 エネオカイ　エネ（そう）、オカ（いる）、ヒ（は）。
＊27 ポロシタッタッ　ポロ（大きい）、シ（糞）、タッタッ（塊）。

それを見た
神々は
大いに怒《おこ》って
大事な酒
その懐《ふところ》へ
どこの者が
糞《くそ》を入れる
そういいながら

ハンチキキ
タポロワ
ハンチキキ
ウェン・サカヨ[*28]
ハンチキキ
ア・ウコ・プンパ[*29]
ハンチキキ
ア・ヌヌケ・サケ[*30]
ハンチキキ
ウプソロロケ[*31]
ハンチキキ
フンナ・ネ・クル[*32]
ハンチキキ
シ・オマレ・パン
ハンチキキ
セコラン・サカヨ

＊28 ウエンサカヨ　ウェン（悪い）、サカヨ（騒ぐ、けんか）。
＊29 アウコプンパ　ア（それ）、プンパ（起こす）、パ（それ）。
＊30 アヌヌケサケ　ア（それ）、ヌヌケ（孝行）、サケ（酒）。ヌヌケという言葉が一言の場合は孝行という意だが、大事なもの、という時に「ア」を前につけて使われる。
＊31 ウプソロロケ　ウプソロ（懐）、オロケ（所）。酒は生き物。その懐へということ。酒桶の中の酒の真ん中へ。
＊32 フンナネクル　フンナ（誰）、ネ（なる）、クル（人）。

カラスの男へ
群《むら》がり襲《おそ》った
カラスの男
今はもう
殺されそうに
なってしまった
シギの男 私は
仲裁《ちゅうさい》頼《たの》みに

＊33 アウコプップク ア（それ）、ウ（互い）、プップク（一人の者に群がる）。殺されそうになっている本体が見えないほどに、寄ってたかって。

ハンチキキ
アン・ルウェ・ネ
ハンチキキ
キ・ロッ・アイネ
ハンチキキ
パシクル・オッカヨ
ハンチキキ
アウコプップク[*33]
ハンチキキ
ア・ライケ・ノイネ
ソッソキヤッ[*34]
タンペ・クス
ソッソキヤッ
エソッソキ・オッカヨ[*35]
ソッソキヤッ
アコアスラニ・クス[*36]

＊34　ここからサケヘが変わる。今まではスズメ同士であったが、相手がシギになるのでサケヘが変わっている。
＊35　エソッソキオッカヨ　エソッソキ（シギ）、オッカヨ（壮年の男）。男を呼ぶ場合に年齢によって違いがあって、ポンヘカチ（小さい少年）、ヘカチ（少年）、十歳から十五、六歳まで。ヘカチオッカイポ（十六歳から二十歳ぐらいまで）。二十歳から三十歳ぐらいまではオッカイポ（若者）。三十歳から五十歳ぐらいまではオッカヨ（壮年）という。それより上はオンネクル（年寄り）という。おじいさんはエカシ。
＊36　アコアスラニクス　ア（私）、コ（それ）、アスル（うわさ）、アニ（持つ）、クス（ため）。うわさを持って走る。仲裁を頼みに行くのは同じスズメ同士ではなく、もっと大きく強い者（シギ）に来てもらいたいので、別の方へ走っている。

あちらへ行き
こちらへ走り
したけれど
神々が
異口同音《いくどうおん》に
いう言葉は
最初から
招待《しょうたい》するなら

ソッソキヤッ
トアニウンワ
ソッソキヤッ
タアニウンワ
ソッソキヤッ
アラパ・アナヤッカ
ソッソキヤッ
カムイ・ウタラ
ソッソキヤッ
エネ・イターキ
ソッソキヤッ
サケ・エチ・コロワ
ソッソキヤッ
イ[*37]タカ・ヤクン
ソッソキヤッ
ア[*38]ラパ・アン・ワ

＊37 イタカヤクン　イ（私）、タッ（呼ぶ、招待、招く）、ヤクン（ならば）。招待という言葉にはほかに、アフンケ（入れる）がある。
＊38 アラパアンワ　アラパ（行く）、アン（ある）、ワ（して）。私が行って。

走っていき
長い刀や
短い刀を
私[*39]ら伸《の》ばすと
どんなけんかも
すぐ静まるで
あろうけれど
酒がある時

＊39「私ら」は、すべてけんかの仲裁を依頼された神である。

ソッソキヤッ
ア・タンネ・タミ[*40]
ソッソキヤッ
ア・トゥリトゥリ
ソッソキヤッ
アタッネ・タミ
ソッソキヤッ
ア・トゥリトゥリ
ソッソキヤッ
キ・ワ・ネヤクネ
ソッソキヤッ
サカヨ・ラッチ[*41]
ソッソキヤッ
キ・ワ・ネコロカ
ソッソキヤッ
サケ・アニ・タ

＊40　アタンネタミ　ア（私）、タンネ（長い）、タム（刀）。私が持っている長い刀。それはそれぞれ大形の鳥自身の、くちばしのこと。
＊41　サカヨラッチ　サカヨ（けんか）、ラッチ（静まる）。

われらを忘《わす》れ
けんかがあって
思い出される
腹《はら》が立つから
行かないよ
神々全部が
そういった
そういわれて

ソッソキヤッ
イ[*42]・ヨイラ・ヒネ
ソッソキヤッ
サカヨ・アニタ
ソッソキヤッ
イ[*43]イェシカル・ンヒ
ソッソキヤッ
ア[*44]・ルシカ・クス
ソッソキヤッ
ソ[*45]モ・アㇻパ・アンナ
ソッソキヤッ
カムイ・オピッタ
ソッソキヤッ
エ[*46]ネ・ハウォカ
ソッソキヤッ
タイェクス

＊42 イヨイラヒネ　イ（私たち）、オイラ（忘れ）、ヒネ（そして）。酒がある時は私たちを忘れながら（今になって思い出すのかい）。
＊43 イイェシカルンヒ　イ（私たち）、エシカルン（思い出す）、ヒ（のかい）。
＊44 アルシカクス　ア（それ）、ルシカ（怒る）、クス（ため）。
＊45 ソモアㇻパアンナ　ソモ（違う）、アㇻパ（行く）、アン（ある）、ナ（よ）。
＊46 エネハウォカ　エネ（そう）、ハウ（声）、オカ（いる）。

帰ってくると
カラスの男は
羽根《はね》の先まで
斬《き》りきざまれて

死んでいた
だから
今いる人よ
酒をもったら
神々を
忘《わす》れないで
招待《しょうたい》を

ソッソキヤッ
イ[*47]ワカナクス
ソッソキヤッ
パシクル・オッカヨ
ソッソキヤッ
ア・ラ・コ・タタ
ソッソキヤッ
ア[*48]・ラ・コ・フムパ
ソッソキヤッ
ト[*49]ゥライウェンライ
キ[*50]・ワ・イサム・クス
タネ・オカ・ウタラ
サケ・コロ・パ・チキ
カムイ・ウタラ
ソモ・オイラ・ノ
ア[*51]シケ・アアニプ

＊47 イワカナクス　イワッ（帰る）、アン（ある）、アクス（したら）。
＊48 アラコフムパ　ア（それ）、ラプフ（羽）、フムパ（刻む）。
＊49 トゥライウェンライ　トゥ（二つ）。ライ（死ぬ）、ウェン（悪い）、ライ（死ぬ）。
＊50 キワイサムクス　キ（する）、ワ（して）、イサム（いない）、クス（ため）。ここからサケへがなくなり、語り口調になる。
＊51 アシケアアニプ　アシケ（指）、ア（それ）、アニ（持つ）、プ（ものだ）。招待するものだ。

するものですよと
スズメの神が
いいましたと

ネシコロ
アマメチカッポ[*52]
ハウェアン・シコロ

＊52　アマメチカッポ　アマム（穀物）、エ（食う）、チカッポ（小鳥）。スズメに相当するアイヌ語は、このアマメチカッポという言葉のみ。ひばりはチャランケチカッポといって、チャ（言葉）、ランケ（降ろす）、チカッポ（小鳥）で、「文句をいう小鳥」という。その理由は天の神から使われて下界へ来たが、帰る時間が少し遅れてしまい、天へ帰ることを神から拒否された。そこでヒバリは天へ帰るのに途中まで行っては、少しぐらい遅れたからといって…、と天の神へ文句をいう。大形の鳥はチカプといい、小形の鳥はチカッポという。

語り手　平取《びらとり》町二風谷《にぶたに》
　　　　貝沢とぅるしの
（昭和41年1月18日採録）

解説

このカムイユカラ（神謡《しんよう》）の主役はアマメチカッポ（スズメ）です。たった一穂《いっすい》のヒエを精白《せいはく》にして、六つの酒桶《さかおけ》を家の中の上座《かみざ》と下座へ据《す》えます。大勢の神を招待《しょうたい》して飲みますが、カケスはドングリを酒桶へ入れて笑《わら》いを呼《よ》び、カラスは糞《くそ》の塊《かたまり》を入れ、殺されてしまいます。

サケへが、前半はハンチキキといって、後半はソッソキヤッになります。貝沢とぅるしのフチ（おばあさん）の語りには、いい忘《わす》れがかなりありましたので私が補足《ほそく》しましたが、補足できるわけは、この話は子どもの時に祖母《そぼ》てかってから何回となく聞かされていて、よく記憶《きおく》していたからです。

この話の教えは、酒があって人を招待する時には、招待もれのないように、ということです。けんかが始まってから、仲裁《ちゅうさい》が必要であわてて思い出されても行きませんよ、と神々は怒《おこ》っているわけです。

「私たちなら長い刀や短い刀を伸《の》ばすと、けんかなどはすぐやむのに」といっている神は、くちばしの長いツルとか、その他大形の鳥でしょう。

したがって、この酒宴《しゅえん》に集まっているのは形の小さいスズメなどで、大きくてもカケスにカラスというところです。仲裁を頼《たの》みに走った鳥はチピヤッ（シギ）です。そこでサケへの後半はソッソキヤッと、前半とは違《ちが》う鳥の羽音《はおと》というか鳴き声になっています。

酒を醸《かも》す時は、ヒエとかアワあるいはトウモロコシを精白にして、それで粥《かゆ》を煮《に》て人肌《ひとはだ》ぐらいに冷ましてから麹《こうじ》を混《ま》ぜます。二日か三日で甘味《あまみ》がついて、四日から一週間すると、アルコール分が増《ま》してきます。長く置いた方がきつくなりますが、だいたい二週間ぐらいで発酵《はっこう》が止まるので、それ以上長く置かないことになっています。

■アイヌの民具■エトゥヌプ（片口《かたくち》）　大勢が集まる酒宴をポロサケといいます。そのときは酒樽《さかだる》からいったんこのエトゥヌプに酒を移《うつ》し、これから各自の杯《さかずき》に注ぎます。多くは和人《わじん》との交易《こうえき》によって入手した漆塗《うるしぬ》りのものでしたが、ピンニ（ヤチダモ）を削《けず》って作ったものもあります。

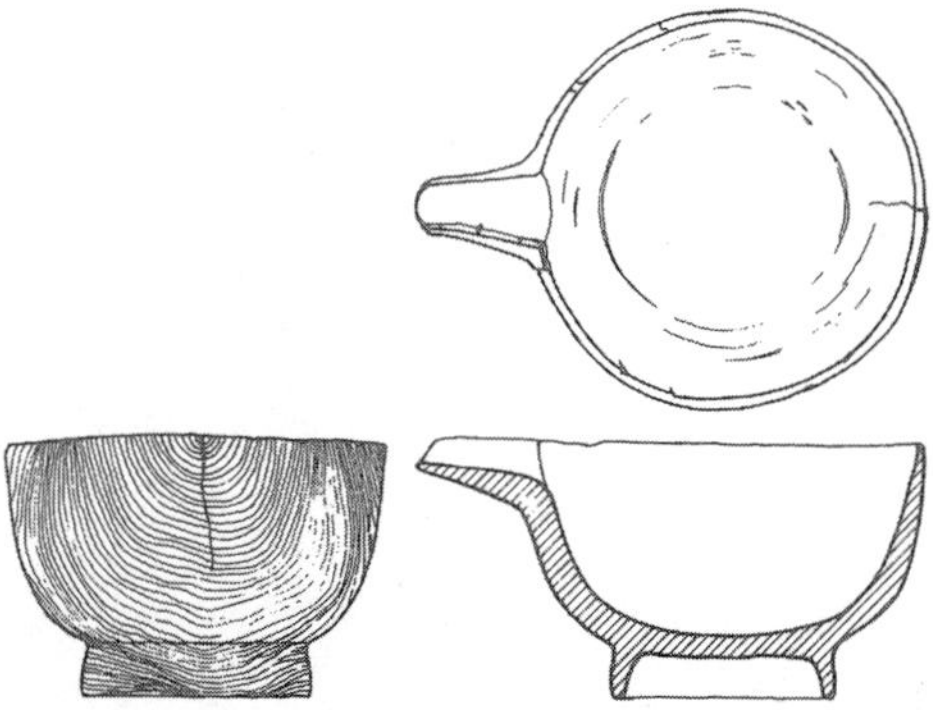

怪《かい》鳥《ちょう》フリと白ギツネ

あまりにも私は
退屈《たいくつ》なので
ある日のこと
海辺へ出て砂《すな》の上へ
二つの模様《もよう》を
三つの模様を
描《えが》きながら
遊んでいると

ホウェウェパフム
[*1]ウェン・カス・ノ
ホウェウェパフム
[*2]ウ・ミシム・ライケ
ホウェウェパフム
チ・キ・ヒクース
ホウェウェパフム
[*3]ピシタ・サーパㇱ
ホウェウェパフム
[*4]トゥ・オタ・シリキ
ホウェウェパフム
レ・オタ・シリキ
ホウェウェパフム
チ・ホカイエレー・イェ
ホウェウェパフム
[*5]アン・ラーマス

＊1 ウェンカスノ　ウェン（悪い）、カスノ（それ以上に）。あまりにも暇なので。「私」は白ギツネ。

＊2 ウミシムライケ　ウ（語呂合わせのための語で、意味はない）、ミシム（寂しい）、ライケ（殺す）。死ぬほどに寂しく、そして退屈ということ。

＊3 ピシタサーパㇱ　ピシ（海辺）、タ（に）、サㇷ゚（出る）、アㇱ（した）が、ピシタサーパㇱになる。

＊4 トゥオタシリキ　トゥ（二つ）、オタ（砂）、シリキ（模様）。アイヌは砂の上、または囲炉裏の木灰の上へしじゅうの模様を描いて、子どもたちに教えた。今はアイヌの家にも囲炉裏はない。

＊5 アンラーマス　アン（まったく）、ラーマス（好き）。「これは私の好きな食べ物」という時は、ケラマス。クエは私・食べる、それが「ケ」になる。ラマスは好き。

はるか沖《おき》から
一羽《いちわ》の大鳥《おおとり》
フリという鳥
丸《まる》のままのクジラ
一頭抱《かか》え
飛んできた
それを見た私は
食べたくなって

ホウェウェパフム
チ・ヨマンテ・コロ
ホウェウェパフム
オカ・アシ・アイケ
ホウェウェパフム
アラ・ホレパーシ[*6]
ホウェウェパフム
フーリ・カームイ
ホウェウェパフム
ポロピイェーヒ[*7]
ホウェウェパフム
コロ・ワ・ヤンナア
ホウェウェパフム
ウェン・カースノ
ホウェウェパフム
チェ・ルスイ・クース

*6 アラホレパーシ　アラ（まったく）、ホレパシ（沖の方から）。
*7 ポロピイェーヒ　ポロ（大きい）、ピイェ（脂身）、ヒ（所）。この場合は、クジラのことをいっている。クジラは普通、フムぺという。アイヌはクジラを大きな脂身の塊と考えていたので、このようないい方をしたか。

少しだけ一口だけ
ごちそうしてと
私がいっても
知らんぷりして
川の上流へ
飛び去った
腹《はら》を立てながら
フリの行方《ゆくえ》を

ホウェウェパフム
ネプ・ウネレヤン[*8]
ホウェウェパフム
ネプ・ウネレヤン
ホウェウェパフム
イタカㇱ・ヤッカ
ホウェウェパフム
モシマノ・アンワ[*9]
ホウェウェパフム
ペッ・トゥーラシ
ホウェウェパフム
アラパ・ワ・クース
ホウェウェパフム
イルシカ・アㇱ・クス[*10]
ホウェウェパフム
オシノ・インカーラㇱ[*11]

＊8 ネプウネレヤン　ネプ（少し）、ウン（私に）、エレ（食べさす）、ヤン（なさい）。少しとか、わずかとかは、ポンノ（小さく、少し）ともいう。
＊9 モシマノアンワ　モシマノ（知らんぷり）、アン（する）、ワ（して）。聞こえないふり、知らんぷりして行ってしまう。
＊10 イルシカアシクス　イルシカ（怒る）、アシ（私たち）、クス（ため）。
＊11 オシノインカーラㇱ　オシノ（後ろの方）、インカラ（見る）、アㇱ（した）。

目で追うと
高い高い神の山
その上に生えた
大エゾマツ
下の枝《えだ》は
人間国土を
覆《おお》うように
広がっている

ホウェウェパフム
ペテトッ・クシ・ペッ
ホウェウェパフム
カムイ・ヌープリ
ホウェウェパフム
ヌプリー・カタ
ホウェウェパフム
シ・ポロ・スンク
ホウェウェパフム
ランケ・テーケ
ホウェウェパフム
モ[*12]シリ・ソー・クㇽカ
ホウェウェパフム
コ[*13]・テッ・ラーナクㇽ
ホウェウェパフム
ランケ・カーネ

＊12 モシリソークㇽカ　モ（静か）、シリ（大地、国土）、ソ（座）、クㇽカ（上）。
＊13 コテッラーナクㇽ　コ（それ）、テッ（手）、ラーナ（下げる）、クㇽ（語呂合わせのための語）。

上の枝は
大空の表を
ふさぐように
広がった樹木《じゅもく》
太くて高い
大エゾマツが
そびえている
そのエゾマツの

ホウェウェパフム
リクン・テケー・へ
ホウェウェパフム
カントー[*14]・コトロ
ホウェウェパフム
コ・テッ・リーキクㇽ
ホウェウェパフム
ウンパ・カーネ
ホウェウェパフム
タン・ポロ・スンク
ホウェウェパフム
アシ・ルコンナ
ホウェウェパフム
コ・メッナターラ
ホウェウェパフム
カシ・タ・アラパ

＊14　カントーコトロ　カント（空）、コトロ（表面）。アイヌは「大きい木」という時に「空の表を掃くように」という表現を用いる。人間が空を見上げて、空の表面が木の枝でふさがり、あたかも大きい箒で空の表を掃いているかのような、という。

枝《えだ》の上にクジラを置き
食べようとして
いるのが見えた
腹《はら》を立てた私は
わざとそのように思わせて
まったく急に
神の国自分の住居《じゅうきょ》へ
帰るように

ホウェウェパフム
ニー・テッ・カー・タ*15
ホウェウェパフム
ポロ・ピイェーヒ
ホウェウェパフム
アヌ・ワ・エ・エトコイキ*16
ホウェウェパフム
ウェン・カースノ
ホウェウェパフム
イルㇱカ・アーㇱ・クス
ホウェウェパフム
ラム・アン・アーニ
ホウェウェパフム
ニイサプ・ラムタ*17
ホウェウェパフム
カント・オールン

＊15 ニーテッカータ　ニ（木）、テッ（手）、カタ（上に）。木の枝を、木の手とアイヌは考えていた。それで、大きいクジラ一頭そのままを上へ置くことのできる木という描写になる。ちょっと想像できないぐらいの大きさになる。

＊16 アヌワエエトコイキ　アヌ（置く）、ワ（する）、エ（食う）、エトコイキ（用意、準備）。

＊17 ニイサプラムタ　ニサプ（急に）、ラム（思い）、タ（に）。フリ自身はそう思ってもいないのに、急にそのように思わせた。

呪術《じゅじゅつ》をかけた
術にかかった大フリは
自分のクジラをそこへ置き
さっとばかり舞《ま》い上がり
神の国へ急いで帰った
そのあとで私は
鳥や獣《けもの》を
たくさん集め

ホウェウェパフム
チャラパレ・ルースイ[*18]
ホウェウェパフム
コロ・ピイェ・ヒ
ホウェウェパフム
ホッパ・ヒーネ
ホウェウェパフム
カント・オールン
ホウェウェパフム
アラパ・ワ・イーサム
ホウェウェパフム
オカケ・ヘータ
ホウェウェパフム
ウサルアンペ[*19]
ホウェウェパフム
チ・ウェカーリレ[*20]

＊18 チャラパレルースイ　チ（それ）、アラパレ（行かせる）、ルスイ（したい）。チアラパレが、チャラパレになる。
＊19 ウサルアンペ　ウサ（いろいろ）、アンペ（ある者）。いろいろな鳥や獣を、という意。
＊20 チウェカーリレ　チ（それ）、ウウェカリ（集まる）、レ（さす）。

クジラの肉を
食ってしまった
そこで初めて
フリの神様
あっとばかり
気がついて
食い根性《こんじょう》悪く
肉の切れ端《はし》も

ホウェウェパフム
ポロ・ピイェ・ヒ
ホウェウェパフム
ウ[*21]アウコ・ノンチャッテ
ホウェウェパフム
オアリ・イーサム・コロ
ホウェウェパフム
フーリ・カームイ
ホウェウェパフム
ヤ[*22]ヨカ・パーシテ
ホウェウェパフム
ア・コロ・ピーイェヒ
ホウェウェパフム
フ[*23]ナッケクース
ホウェウェパフム
ア[*24]・エウナラ・アプ

＊21 ウアウコノンチャッテ　ウ（互い）、アウコ（それを）、ノン（唾）、チャッテ（散らかす）。一頭のクジラの所へたくさんの鳥や獣が集まり、食い散らかしてしまった。
＊22 ヤヨカパーシテ　ヤイ（自身）、オカ（後ろ）、パシテ（見つける、気づく）。自分でそう思ってもいなかったのに、クジラを置いて国へ帰りはじめたのに、はっと気づくこと。
＊23 フナッケクース　フナッケクス（なんのために、なぜに）。
＊24 アエウナラアプ　ア（それ）、エウナラ（やりたくない）、アプ（であった）。食い根性の悪いことをイペエウナラという。

やらなかったのに
どんな神が私より
呪《じゅ》術《じゅつ》が上で
クジラをそのまま
置いてきた
そのように思いながら
エゾマツの上へ戻《もど》ってみると
クジラは全部食われてない

ホウエウエパフム
ヘマンタ・カームイ
ホウエウエパフム
イ・カッ・カラ・ヒーネ[*25]
ホウエウエパフム
ア・ホッパ・キーワ
ホウエウエパフム
エカン・ルーウエ・アン
ホウエウエパフム
ヤイヌ・クース
ホウエウエパフム
ホシーピ・ワ・ラン
ホウエウエパフム
コロ・ピイエ・ヒ
ホウエウエパフム
オピッタ・ア・エ・ワ・イサム

＊25 イカッカラヒーネ イ（私）、カッ（様子）、カラ（作る）、ヒネ（そして）。どんな神が私の思いを操作して、このように思っていたことと違う行動をさせたのか。

それからというもの
呪術《じゅじゅつ》をかけた者を
心の内で捜《さが》しているけれど
私の前へかすみを回らせ
両刃《りょうば》の小《こ》刀《がたな》を
体に乗せるように
半分黒いその小刀の
後ろの方に
隠《かく》れるようにして私はいた
そうすると　フリは私を捜し
クジラを横取りした者は誰《だれ》だ
どんな神が
私よりも
呪術にたけて私をだましたものか
誰にもやらんと思った大クジラを

ホウェウェパフム
タ[*26]ポロワ・ノイキ・クニプ
ラ[*27]ムフナラレコロ・アン・コロカ
ウララ・シトゥタヌレ・アン
ア[*28]リペクンネ・
ア・イッケウ・ペシテ
オロワノ・アリペクンネ
セムピリケー・タ
ヌイナッ・クニネ・アナン
アクス・オロワノ・イ・フナラ
ネ・イキ・クニプ・フナラ
ヘ[*29]マンタ・カムイ・
イヤッカリ
ヌプル・ヒネ・エネ・イ・
カッカラヒネ・エネ
ア・エウナラ・アプ・ポロピイェヒ

＊26 タポロワノイキクニプ　タプオロワノ（それから）、イキ（する）、クニプ（である者）。ここからサケへがなくなり、語り口調になる。カムイユカㇻの常套の形。
＊27 ラムフナラレコロアンコロカ　ラム（思い）、フナラ（捜す）、レ（させる）、コロ（ながら）、アン（いる）、コロカ（けれども）。心の中で懸命に捜していること。
＊28 アリペクンネ アイッケウペシテ　アラ（片方）、イペ（刃）、クンネ（黒い）、ア（私）、イッケウ（腰）、ペシテ（たどらせる）。アリペクンネという小型の刃物の後ろへ隠れている。
＊29 ヘマンタカムイ イヤッカリ　ヘマンタ（何）、カムイ（神）、イ（私＝フリ）、アッカリ（越えて）。どんな神が私以上に呪術にたけているものだろう。

置いてしまって
いろいろな化け物に
食いちらかされてしまったもので

あろうかと思いながら
怒《おこ》って怒っているのが見えた

そのあとで私であることを
教えてやったらそれからは
自分の体をのけぞらせながら

食い根性《こんじょう》が悪いとよくないものだ
ということ
本当に本当に
位の高い神へ

ア・ホッパ・ワ・オラ
ウサ・カミヤシ
ウコ・ノンチャテッ・ワ・イサム・ルウェ
アニアン・セコロ・ヤイヌ
イルシカ・ア・
イルシカ・ア・コロ・アン・シリ
ア・エ・ミナ・ルスイ・コロ[*30]
アナナイネ・アシヌマ・ネヒ
ア・エラマンカ・アクス・オラーノ
ヤイェマカ・カヤイルケ[*31]
イペ・ウナラ
アンコロ・ウェン・ペ
ネアアン・シリ
オハイネ・オハイネ
パセ・カムイ

＊30 アエミナルスイコロ　ア（それ）、ミナ（笑い）、ルスイ（したい）、コロ（ながら）。フリが腹を立てている様子を私は見て笑いながらいた。
＊31 ヤイェマカ カヤイルケ　ヤイ（自身）、エ（それ）、マカ（開き）、カヤ（帆）、ウイルケ（入れる）。驚きのあまり、体を船の帆のように後ろへ反らせている様子。

食い物をやらなかったので
それを怒ってこのようにされた
といいながら体をのけぞらせ

のけぞらせながらこの次に
大クジラを捕《と》って持ってきたら
その時は食べさせましょうと
私に謝《あやま》りました
と白ギツネの神がいいました

ア・コ・イペウナラヒ
オラーウン・イルシカ・ワ・エネ・イキヒ
シコロ・ハワンコロ
ヤイェマカ
カヤイルケ・オラー・カンナスイ
ポロピイェヒ・ア・コロ・ワ・ヤナン
ヤクン・アイエレ・クシネナ・シコロ
イコヤヤパプー[*32]　セコロ
ウパシチロンヌプ・カムイ・ハウェ・アーン

＊32 イコヤヤパプー　イ（私）、コ（それ）、ヤイ（自身）、ヤヤパプ（謝罪）。ヤイアパプが「ヤヤパプ」に聞こえる。

語り手　平取町《びらとり》荷菜《にな》
平賀さたも
（昭和40年9月20日採録）

解説

語り手の平賀さたもさんは、沙流川《さるがわ》の河口《かこう》近くの門別《もんべつ》町福満《ふくみつ》（昔は平賀《ぴらか》）に生まれ育った、上品で物知りのフチ（おばあさん）でした。ユカラ（英雄叙事詩《じょじし》）を語ると、発音はきれいだし、順序どおりに整然とやれるし、私がもっている録音テープのうち、どの声を聞いても、みなお手本そのものばかりです。

金田一京助先生も、平賀フチから知らない言葉を教えてもらいにたびたび北海道を訪《おとず》れ、私は、平賀フチの紹介《しょうかい》で先生と面識《めんしき》をもつようになったのです。平賀フチから教えを受けたのは、私ばかりではなく、現在《げんざい》アイヌ語関係で先生と呼《よ》ばれている多くのシサム（和人《わじん》）学者は、それぞれ世話になっているはずです。本人が話してくれた「さたも」という名前の由来は、子どものころはとってもやんちゃな女の子だったので、サタ（外側）、モ（静か）、家にいる時はともかく、外へ出たら上品で静かな女になりなさい、と（親が）つけたということです。上唇《うわくちびる》にだけちょっぴり入墨《いれずみ》をしていましたが、少し入れたが痛《いた》いのでやめた、と笑《わら》っていたものです。

さて、カムイユカラ（神謡《しんよう》）の内容《ないよう》ですが、主人公の一匹《いっぴき》の白ギツネが海辺で遊んでいると、フリ（想像上《そうぞうじょう》の大鳥《おおとり》）がクジラを一頭抱《かか》えて沖《おき》の方から飛んできます。それを見た白ギツネが、少しでいいからごちそうしてと声をかけましたが、フリは知らん顔して行ってしまい、クジラ一頭そのままを大木の枝《えだ》の上に置きます。そこで、白ギツネは術《じゅつ》をかけて、フリを天の国へ帰し、そのあとで寄《よ》ってたかってクジラを食ってしまう話です。ここでの教えは、食べ物を独《ひと》り占《じ》めにしてはいけませんよ。誰《だれ》かが食べさせてくれといったら、分けてあげなさいということです。

白ギツネは知恵《ちえ》のある神なので、体の大きいフリも負けてしまいます。アリペクンネ（両刃《りょうば》の小刀《こがたな》）、その片方《かたほう》が黒いので、アㇻ（片方）、クンネ（黒い）の小さい刃物の陰《かげ》へ隠《かく》れるほど小さい白ギツネ、と暗に体の小さい様子を表《ひょう》現《げん》しています。

■アイヌの民具■テクンペ（手甲《てっこう》）・ホシ（脚絆《きゃはん》）　昔、年ごろの娘《むすめ》が意中の男性ができると、テクンペに美しいししゅうをして贈《おく》りました。贈られた男性は、その女性が好きならば身につけ、嫌《きら》いならつけません。求愛が受けられると、贈り物はホシ、鉢巻《はちま》き、着物と発展《はってん》していきました。

マムシが人助け

わたしの家は
太い太い風倒木《ふうとうぼく》
倒木の上端へ下端へ
わたしの細い尾《お》で
ぴょんぴょんと立ち
暮《く》らしていた
ある日のこと
山の上から

リムナタラ
チ[*1]・コロ・サマムニ
リムナタラ
サ[*2]マムニ・ケスン
リムナタラ
サ[*3]マムニ・パ・ウン
リムナタラ
チ[*4]ェ・アネ・サラ
リムナタラ
チ[*5]ェ・アシ・エアシ
リムナタラ
イ[*6]キ・アン・コロ
リムナタラ
シネ・アン・トタ
リムナタラ
ト[*7]オ・ホリカシ

＊1 チコロサマムニ　チ（わたし＝マムシ）、コロ（持つ）、サマムニ（倒木）。
＊2 サマムニケスン　サマムニ（倒木）、ケス（端）、ウン（へ）。
＊3 サマムニパウン　サマムニ（倒木）、パ（頭）、ウン（へ）。
＊4 チェアネサラ　チ（わたし）、アネ（細い）、サラ（尾）。
＊5 チエアシエアシ　チェ（わたし）、アシ（立つ）、エ（それ）、アシ（立つ）。
＊6 イキアンコロ　イキ（する）、アン（ある）、コロ（ながら）。
＊7 トオホリカシ　トオ（ずうっと）、ホリカシ（上から）。

何を追う者
なのだろうか
わたしは知らないが
励《はげ》まし合う気合を
かけ合いながら走ってきた
見てみると
二人の若者《わかもの》
兄弟らしい者たちが

リムナタラ
ネプ・ウ・ケサンパ[*8]
リムナタラ
ウネ・ハウネヤ[*9]
リムナタラ
ア・エラムシカリ[*10]
リムナタラ
ウォ・フムセ・ハウ[*11]
リムナタラ
オコチタラ[*12]
リムナタラ
インカラ・ナクシ[*13]
リムナタラ
トゥ・オッカイポ[*14]
リムナタラ
イリワク・ネ・クル[*15]

＊8 ネプウケサンパ　ネプ（何）、ウ（互い）、ケサンパ（追いかけ）。
＊9 ウネハウネヤ　ウネ（なる）、ハウ（声）、ネヤ（なのか）。
＊10 アエラムシカリ　ア（わたし）、エラムシカリ（知らない）。
＊11 ウォフムセハウ　ウォ（互い）、フムセ（気合）、ハウ（声）。
＊12 オコチタラ　オ（それ）、コッタラ（つく）。
＊13 インカラナクシ　インカラ（見る）、アン（ある）、アクス（すると）。
＊14 トゥオッカイポ　トゥ（二）、オッカイポ（若者）。
＊15 イリワクネクル　イリワク（兄弟）、ネ（なる）、クル（人）。

息せき切って
走ってくる
その背中《せなか》へ
化け物グマ
体の前半分は
筋子《すじこ》をつぶした汁《しる》に浸《ひた》した
それと同じ色
体[*16]の後ろ半分は

＊16　このクマの体の前半分と後ろ半分の描写は、昔話「クマ神の横恋慕」に似た表現がある。

リムナタラ
[*17]ネイノ・オカイ・ペ
リムナタラ
[*18]アル・ケサンパ
リムナタラ
[*19]セトゥル・カシ・タ
リムナタラ
[*20]アラ・ウェン・カムイ
リムナタラ
[*21]エムコ・ホワノ
リムナタラ
[*22]チポロ・ペ・オロ
リムナタラ
[*23]ア・クシテ・アペコロ
リムナタラ
エムコ・ホワノ

*17 ネイノオカイペ　ネイノ（らしい）、オカ（いる）、ペ（者）。
*18 アルケサンパ　アル（それら）、ケサンパ（追いかける）。
*19 セトゥルカシタ　セトゥル（背中）、カシ（上）、タ（に）。
*20 アㇻウェンカムイ　アㇻ（まったく）、ウェン（悪い）、カムイ（神）。化け物グマのこと。
*21 エムコホワノ　エムコホ（半分）、ワノ（から）。
*22 チポロペオロ　チポロ（筋子）、ペ（滴）、オロ（所）。
*23 アクシテアペコロ　ア（それ）、クシテ（浸した）、アペコロ（らしい）。

木炭をかんだ汁に
浸したような色の
化け物グマが
二人の若者を
追いかけて
今はまったく
若者たちも
疲《つか》れの顔色が

リムナタラ
チ・クイ・パソロ[*24]
リムナタラ
ア・クシテ・アペコロ
リムナタラ
アン・ウェン・カムイ[*25]
リムナタラ
ネ・ロッ・オッカイポ[*26]
リムナタラ
ケセアンパ・ワ
リムナタラ
タネアナッネ[*27]
リムナタラ
オッカイポ・ウタラ
リムナタラ
シンキ・イポロ[*28]

＊24 チクイパソロ　チ（それ）、クイ（かんだ）、パシ（木炭）、オロ（所）。
＊25 アンウェンカムイ　アン（ある）、ウェン（悪い）、カムイ（神）。
＊26 ネロッオッカイポ　ネ（その）、ロッ（複数を表す言葉）、オッカイポ（若者）。その者たちとなる。
＊27 タネアナッネ　タネ（今）、アナッネ（もう）。
＊28 シンキイポロ　シンキ（疲れ）、イポロ（顔色）。

ありありと
跳《と》ぶことも
走ることも
できないように
わたしのかたわらを
通りぬけそうに
走ってきたので
黄金の銛《もり》を

リムナタラ
[*29]シンナ・カネ
リムナタラ
[*30]テレケ・ポカ
リムナタラ
ホユプ・ポカ
リムナタラ
[*31]コヤイェウㇱ・パ
リムナタラ
[*32]イ・テッサモロケ
リムナタラ
[*33]クシ・ノイネ
リムナタラ
[*34]イキ・パ・ヒクㇱ
リムナタラ
[*35]コンカネ・キテ

＊29 シンナカネ　シンナ（別）、カネ（して）。
＊30 テレケポカ　テレケ（跳ぶ）、ポカ（も）。
＊31 コヤイェウㇱパ　コヤイェウシ（はかどらない、手間がかかっている）、パ（それら）。
＊32 イテッサモロケ　イ（わたし＝マムシ）、サム（側）、オロケ（を）。
＊33 クシノイネ　クㇱ（通りぬけ）、ノイネ（らしい）。
＊34 イキパヒクㇱ　イキ（する）、パ（それら）、ヒクス（したので）。
＊35 コンカネキテ　コンカネ（黄金）、キテ（銛）。マムシ自身、毒を持った歯のことを、黄金のキテ（銛）と思っている。

さっと抜《ぬ》き身がまえて
待っていると
若者《わかもの》たちはわたしの前
走りぬけた
その背中《せなか》へ
化け物グマが
走ってきたので
黄金の銛を

リムナタラ
シ・コ・エタイェ[*36]
リムナタラ
アナン・アクス[*37]
リムナタラ
ネロッ・オッカイポ
リムナタラ
イ・ヤッカッテッテッ[*38]
リムナタラ
セトゥル・カシ・ウン
リムナタラ
アラ・ウェン・カムイ
リムナタラ
エキクシ・エウン[*39]
リムナタラ
コンカネ・キテ

*36 シコエタイェ　シ（自ら）、エタイェ（引く）、銛を抜いて待つ。
*37 アナンアクス　アン（いる）、アクス（したら）。
*38 イヤッカッテッテッ　イ（わたし）、アッカリ（過ぎる、以上）、テッテッ（さっと、すっと）。すごい速さで走りぬけた。
*39 エキクシエウン　エッ（来た）、ヒクス（ので）、エウン（そこへ）。

さっと投げると
まったくの悪い神
化け物グマの
肉が溶《と》け骨《ほね》が見え
白骨《はっこつ》だけが
崩《くず》れ落ちた
若者《わかもの》たちのその後ろが
あっという間に

リムナタラ
ア[*40]・エコ・オスラ
リムナタラ
ウ[*41]キアクス
リムナタラ
ネ[*42]ア・ウェン・カムイ
リムナタラ
ポ[*43]ネ・ヘ・ウヤケ
リムナタラ
ピ[*44]チュー・ポネヘ
リムナタラ
ホラホチュウェ
リムナタラ
ネヤ・オッカイポ・ウタラ
リムナタラ
オ[*45]カケー・ヘ

＊40 アエコオスラ　ア（わたし）、コ（それ）、オスラ（投げると）。
＊41 ウキアクス　ウキ（する）、アクス（したら）。
＊42 ネアウェンカムイ　ネア（あの）、ウェン（悪い）、カムイ（神）。化け物グマのこと。
＊43 ポネヘウヤケ　ポネ（骨）、ウヤケ（ほぐれる、くずれる、ばらばらになる）。
＊44 ピチューポネヘ　ピチューポネ（白骨）。肉くずもついていない白い骨だけになって、化け物グマが崩れ落ちた。
＊45 オカケーヘ　オカケ（後ろ）、ヘ（が）。

静かになった
後ろを向いた二人の者
追ってきていた
化け物グマが白骨化し
崩れたのを見て
若者たちも
次々と倒《たお》れ落ち
ややしばらく息を整えて

リムナタラ
コ[*46]ㇱコサヌ
リムナタラ
ホサㇻパ・チキ
リムナタラ
ケセアンパ・ヤ
リムナタラ
ウェン・カムイ
リムナタラ
ピ[*47]チュー・ワ・イサム
リムナタラ
ウ[*48]トゥカリ・タ
リムナタラ
ホ[*49]ラホチューパ
リムナタラ
ヤ[*50]イェヘセ・レ・コロ

＊46　コㇱコサヌ　コㇱネ（軽い）、コサヌ（さっと、急に）。走っていた後ろが、急に音が消えて軽くなった（静かになった）。
＊47　ピチューワイサム　ピチュー（白骨）、ワ（する）、イサム（ない）。白骨になって消えてしまった。
＊48　ウトゥカリタ　ウ（互い）、トゥカリ（近く）、タ（に）。次々と二人の若者は倒れた。
＊49　ホラホチューパ　ホ（自ら）、ラ（下）、ホチュー（落ちる）、パ（それら）。
＊50　ヤイェヘセレコロ　ヤイ（自身）、ヘセ（息）、レ（させ）、コロ（ながら）。

いたあとで
ようやくのこと
立ち上がりわたしに向き
二つの礼《らい》拝《はい》
三つの礼《らい》拝《はい》
重ねながら
その上へ
いった言葉

リムナタラ
オカ・ロカイネ
リムナタラ
ウトゥラ・ヒネ
リムナタラ
ホプンパ・ヒネ
リムナタラ
オ[*51]トゥ・サナㇱケ
リムナタラ
オ[*52]レ・サナㇱケ
リムナタラ
ウ[*53]ウェ・ノイェ・カㇻ
リムナタラ
ウクルカㇱケ
リムナタラ
イタッ・オマレ

＊51 オトゥサナㇱケ　オ（それ）、トゥ（二）、サン（出る）、アシケペッ（指）。
＊52 オレサナㇱケ　オ（それ）、レ（三）、サン（出る）、アシケペッ（指）。アイヌの礼拝の仕方には、左手の指の間へ右手の指を挟むように擦り合わせるやり方がある。それを、二本の指、三本の指を前へ出して礼拝をするという。
＊53 ウウェノイェカㇻ　ウ（互い）、ノイェ（ねじり）、カㇻ（作り）。指を擦り合わせている様子。

私たち兄弟は
ユペッという
川の所で
父に育てられ
暮《く》らしている者
帰ったらすぐ
位の高い神に
感謝《かんしゃ》のお礼を

リムナタラ
アオカ・アナッネ[*54]
リムナタラ
ユペッ・セコロ
リムナタラ
アイエ・ペッ・オッタ
リムナタラ
オナ・シ・レス・レ
リムナタラ
ア・キ・ワ・オカ・アン・クス
リムナタラ
ホシッパ・アナッ・オラ[*55]
リムナタラ
パセ・カムイ[*56]
リムナタラ
コ・ヤヤッタサ[*57]

＊54 アオカアナッネ　アオカ(私たち)、アナッネ(は)。私たち兄弟は、といいながらマムシ神に向かって礼拝をし、自己紹介をしはじめる。
＊55 ホシッパアナッオラ　ホシピ(戻る)、アン(ある)、ヤッ(ならば)、オラ(それから)。私たちが家へ戻ったら。
＊56 パセカムイ　パセ(重い、位が高い)、カムイ(神)。
＊57 コヤヤッタサ　コ(それ)、ヤヤッタサ(お礼、感謝の印を表す)。

したいと思う
そういいながら
戻《もど》ったあとで
しばらくしたら[*58]
遅《おそ》い話
まだあとのことと
わたしは思っていたが
二日か三日

*58 ここからマムシの語りになる。

リムナタラ
ア・キクシネナ[*59]
リムナタラ
ハウェオカ・コロ
リムナタラ
ホシッパ・オカケ・タ
リムナタラ
アナナイネ
リムナタラ
モイレ・アシペ[*60]
リムナタラ
ア・ヤイコシラム[*61]
リムナタラ
スイェ・アクス[*62]
リムナタラ
トゥコ・レレコ[*63]

＊59 アキクシネナ　ア（私）、キ（する）、ネナ（よ）。
＊60 モイレアシペ　モイレ（遅い）、アシペ（あるもの）。
＊61 アヤイコシラム　ア（それ）、ヤイ（自身）、コ（それ）、シ（自ら）、ラム（思い）。
＊62 スイェアクス　スイェ（振り）、アスク（したのに）。マムシは、自分ではもっともっと後の話（アイヌの若者からの贈り物が届くのが）と思っていたが。
＊63 トゥコレレコ　トゥッコ（二日）、レレコ（三日）。

過《す》ぎたある日に
イナウの山
酒の荷物が
わたしの住居《じゅうきょ》 倒木《とうぼく》の上へ
贈《おく》られてきた
杯《さかずき》の上へ
捧《ほう》酒《しゅ》箸《ばし》が
のせてあり

リムナタラ
ネワ・ネ・キコロ
リムナタラ
イナウ・シケ*64
リムナタラ
サケ・シケ*65
リムナタラ
ア・コロ・サマムニ
リムナタラ
サマムニ・カタ
リムナタラ
トゥキ・パスイ*66
リムナタラ
カシケ・オウン*67
リムナタラ
カネ・アンワ

＊64 イナウシケ　イナウ（木を削って作った御幣）、シケ（荷物）。
＊65 サケシケ　サケ（酒）、シケ（荷物）。二、三日過ぎたと思ったら、たくさんのイナウと酒が。
＊66 トゥキパスイ　トゥキ（杯）、パスイ（箸）。トゥキパスイ（捧酒箸）は、アイヌの民具の中でも世界に類例がないのではと思うほどの、特異な祭具で、アイヌの願いを神へ伝えてくれるものと信じられている。シサム（和人）が書いた本には「ひげべら」と訳されているのが多いが、私は捧酒箸としている。
＊67 カシケオウン　カシケ（上）、オ（それ）、ウン（入る）。杯の上に捧酒箸がのせられている。

その捧酒箸が
火の神からの
お礼の伝言
わたしに伝えた
それらの品々
わたしは受け取り
大きい酒《さか》桶《おけ》へ
移《うつ》し入れ

リムナタラ
ネヤ・パスイ
リムナタラ
ヤ[68]イライケ・ソンコ
リムナタラ
カ[69]ムイ　フチ・オㇿワノ
リムナタラ
ソ[70]ンコホ・アッテアッテ
リムナタラ
ネ[71]ワ・オカイペ
リムナタラ
ア[72]・ウイナ・ヒネ
リムナタラ
サ[73]イシントコ
リムナタラ
ア[74]・エ・シロタナ

＊68 ヤイライケソンコ　ヤイライケ（ありがとう、感謝する）、ソンコ（伝言）。
＊69 カムイフチオㇿワノ　カムイフチ（火の神）、オロワノ（から）。
＊70 ソンコホアッテアッテ　ソンコ（伝言）、ホ（を）、アッテアッテ（たてながら）。捧酒箸がわたし（マムシ）に火の神からの感謝の言葉を伝えてくれた。
＊71 ネワオカイペ　それらの物。
＊72 アウイナヒネ　ア（わたし）、ウイナ（取り）、ヒネ（して）。
＊73 サイシントコ　酒桶。
＊74 アエシロタナ　ア（わたし）、エ（それ）、シロタ（空けた）。

そのあとで
急ごしらえの
いい家を
わたしは建てた
宴《うたげ》の準備をととのえたあと
近い神や
遠い神を
わたしは招《しょう》待《たい》した

リムナタラ
キクㇱオラ
リムナタラ
トゥナㇱ・チセ[*75]
リムナタラ
ピリカ・チセ
リムナタラ
アパンカㇻキナ
リムナタラ
オロワーノ
リムナタラ
ハンケ・カムイ[*76]
リムナタラ
トゥイマ・カムイ[*77]
リムナタラ
アシケ・アウッ[*78]

＊75 トゥナㇱチセ　トゥナㇱ（急ぎ）、チセ（家）。
＊76 ハンケカムイ　ハンケ（近い）、カムイ（神）。
＊77 トゥイマカムイ　トゥイマ（遠い）、カムイ（神）。
＊78 アシケアウッ　招待。急ごしらえの家を建て、近い神や遠い神をわたし（マムシ）は招待した。近い神というのは、シランパカムイという樹木の神やワッカウㇱカムイという水の神、火の神などの人間と同じ暮らしをしている神で、遠い神というのは、カントコロカムイという天の神などをいう。

近い神が
集まってきて
遠い神が
集まってきて
集まった神々が
わたしを褒《ほ》め
このように人を助け
そのために褒められる

リムナタラ
ハンケ・カムイ
リムナタラ
イ・コ・ウェカリ
リムナタラ
トゥイマ・カムイ
リムナタラ
イ・コ・ウェカリ
リムナタラ
キ・ヒネ・オラーノ
リムナタラ
ア[*79]アイ・コプンテッ
リムナタラ
セ[*80]セコロ・イキ・ワ・クス
リムナタラ
ア・コプンテッペ

＊79 アイコプンテッ　アイ（わたし）、コプンテッ（褒められた）。
＊80 セコロイキワクス　セコロ（このように）、イキ（する）、ワ（して）、クス（ため）。

ものなのです
人間とともに暮《く》らす
位の高い
火の神まで
このように
あなたを褒《ほ》めた
といいながら褒めてくれた
そのことがあって

リムナタラ
ウネロックス
リムナタラ
ア[*81]イヌ・セレマッ
リムナタラ
エ[*82]・モコロ・ウタㇻ
リムナタラ
シ[*83]・パセ・カムイ
リムナタラ
エネ・ヤイライケ・ヒ
リムナタラ
セ[*84]コロ・ハワㇱ・コロ
リムナタラ
ア[*85]イ・コプンテッ
リムナタラ
オロワノ

＊81 アイヌセレマッ　アイヌ（人間）、セレマッ（生命）。
＊82 エモコロウタㇻ　エ（それ）、モコロ（眠る）、ウタㇻ（人々、仲間）。アイヌの国でアイヌと命をともにしている神々、人々。
＊83 シパセカムイ　シ（本当に）、パセ（重い、位が高い）、カムイ（神）。火の神のこと。
＊84 セコロハワㇱコロ　セコロ（と）、ハウアㇱ（声ある）、コロ（ながら）。
＊85 アイコプンテッ　アイ（わたし）、コプンテッ（褒めてくれた）。マムシ神であるあなたがいいことをしたので、位の高い火の神まで褒めてくれたと、近い神や遠い神がわたしを褒めてくれた。

初めてわたしも
アイヌの所から
アイヌのイナウ
アイヌの酒が
他の神へ
来た時に
わたしも招待《しょうたい》をされるように
なりました

リムナタラ
エアシリノ・ポ
リムナタラ
アイヌ・オㇿワ
リムナタラ
アイヌ・イナウ
リムナタラ
アイヌ・サケ
リムナタラ
カムイ・オッタ
リムナタラ
ウアㇻキ・キ・コロ
リムナタラ
アシヌマ・カ
リムナタラ
イ[*86]ヤㇱケアウッ

＊86 イヤㇱケアウッ　イ（わたし）、アㇱケアイウッ（招待される）。わたしが神々を招待することができてから、初めて他の神々からわたしも招待されるようになった。

ユペッの人たち
毎年のように
わたしを祭り
大勢の神
位の低い方
位の高い方
わたしを褒《ほ》め
わたしを敬《うやま》い

リムナタラ
ユペトゥン・ウタラ
リムナタラ
ケシパ・アン・コロ[*87]
リムナタラ
イ・ノミパ・キワ[*88]
リムナタラ
インネ・カムイ
リムナタラ
コシネ・ヒケ[*89]
リムナタラ
パセ・ヒケ
リムナタラ
イ・コプンテッ・ロッ[*90]
リムナタラ
イ・コプンテッ・ロッ

＊87 ケシパアンコロ　ケシパ（毎年）、アン（ある）、コロ（と）。
＊88 イノミパキワ　イ（わたし）、ノミ（祭る）、パ（それら）、キ（する）、ワ（そして）。
＊89 コシネヒケ　コシネ（軽い）、ヒケ（方）。位の低い神々のことをコシネカムイという。
＊90 イコプンテッロッ　イ（わたし）、コプンテッ（褒める）、ロッ（神々が）。この「ロッ」は複数を表す言葉で、「エッロッ（あの人たちが来た）」「アラパロッ（あの人たちが行った）」になる）。

わたしがいる様子は
こうなのです
人間を助けることを
しなかったなら
いつまでも
わたしの倒木《とうぼく》
その上を
跳《と》んでだけ

リムナタラ
アナン・シリ
リムナタラ
エネ・アニ・クス
リムナタラ
ア[*91]イヌ・カシ・ア・オピユキ
リムナタラ
イ[*92]サマ・ヤッネ
リムナタラ
ネ[*93]イタ・パクノ
リムナタラ
ア・コロ・サマンニ
リムナタラ
サマムニ・クルカ
リムナタラ
ア[*94]・エ・テレケテレケ

＊91　アイヌカシアオピユキ　アイヌ（人間）、カシ（上）、アオピユキ（助ける）。
＊92　イサマヤッネ　イサム（ない）、ア（それ）、ヤッネ（ならば）。
＊93　ネイタパクノ　ネイタ（いつまで）、パクノ（まで）。わたし（マムシ）がアイヌを助けなかったならば、いつまでもわたしの家、風倒木の上にいたであろうが。
＊94　アエテレケテレケ　ア（わたし）、エ（それ）、テレケテレケ（跳び跳び）。

いたであろうと
思うけれども
こういうわけで
人間を助けた
そのおかげで
感《かん》謝《しゃ》され
人間の所から
人間が作ったイナウを

リムナタラ
コロ・アンペ
リムナタラ
ア・ネ・ア・コロカ
リムナタラ
タプネ・カネ
リムナタラ
アイヌ・カシ・ア・オピユキ
リムナタラ
ア[*95]・イェ・コロ
リムナタラ
ヤ[*96]イライケ・クス
リムナタラ
アイヌ・オロワ
リムナタラ
アイヌ・イナウ

＊95 アイェコロ　ア（わたし）、イェ（いう）、コロ（ながら）。
＊96 ヤイライケクス　ヤイライケ（感謝）、クス（ため）。

取ることができたのです
今いるマムシよ
人間をも
助けるものだ
してはならないことは
人間を
からかうことや
かみつくことですと
マムシが
語りましたと

リムナタラ
ウッ・ペ・ア・ネ・クス
タネ・オカ・トッコニ[*97]
アイヌ・オルン・カ[*98]
イカオピユキ[*99]
イテキ・コンナ
アイヌ・オルン
イラムモッカヤッ[*100]
ピリカ・ナ・シコロ
トッコニ
イソイタッ・シコロ

＊97　タネオカトッコニ　タネオカ（今いる）、トッコニ（マムシ）。ここからサケへがなくなり、語り口調になる。
＊98　アイヌオルンカ　アイヌ（人間）、オルン（所）、カ（も）。
＊99　イカオピユキ　イ（それ）、カ（上）、オピユキ（助ける）。今いるマムシよ、アイヌを助けなさい。
＊100　イラムモッカ　からかう、ばかにする。

語り手　平取《びらとり》町中貫気別《なかぬきべつ》　木村こぬまたん
（昭和37年10月4日採録）

解説

このカムイユカラ（神謡《しんよう》）には、マムシの毒の恐《おそ》ろしさを人々に知ってもらうという目的と、マムシよ、あなたを神として祭るのには、こうやって人助けをしたからなのです、とマムシの心を和らげ、教え聞かす目的があります。

クマの姿《すがた》を見て、どうもうかどうかを見分けるのには体の毛色を見ますが、ここに登場する化け物グマの毛色の描写《びょうしゃ》が、体前半分はサケの筋子《すじこ》をつぶした汁《しる》に浸《ひた》したような赤い色、後ろ半分は囲炉裏《いろり》の中の消し炭を、人間が歯でかんで真っ黒になった汁に浸したような黒い色、と実に的確《てきかく》で、感心させられます。このような毛色のクマはどうもうな性質《せいしつ》とされています。

マムシのもっている毒のきき目は、走っているクマを、あっという間に肉を溶《と》かし骨《ほね》だけにするほど恐ろしいものだとしています。

ところで北海道におけるクマの害ですが、過去《かこ》百年の間に、人間がクマにかみ殺されたのが、百五十人と聞いています。すると一年に一人半、多いとか少ないとかは別にしますが、クマも住処《すみか》を追われ大変であろうと思います。また、被害率《ひがいりつ》からいうとクマに殺される人間よりも、ハチに刺《さ》されて死ぬ人の方がはるかに多いと聞いて驚《おどろ》いています。

語り手の木村こぬまたんフチ（おばあさん）がこの話を聞かせてくれたのは、二風谷《にぶたに》の私の家でした。フチは独《ひと》り言《ごと》のように、「録音される時は、大急ぎで粗筋《あらすじ》をいうものだと録音されなれた人に教えられた。しかし、きちんといわなければ、あとになって役に立たないだろう。だから、わたしは、どんな話でも昔聞いたなりにいうのだ」と言いながらこのカムイユカラを聞かせてくれました。したがって、この方のカムイユカラやウウェペケレ（昔話）は、どれもがお手本になるような、昔のままの語り口調《くちょう》であり、省略《しょうりゃく》されていません。

■アイヌの民具■イセポカ（ウサギわな）　雪が降《ふ》りはじめるころ、ウサギの通り道に親指より少し太いくらいの枝《えだ》つきの木を土に打ちこみ、別の方から木を曲げてきて、その枝に引っかけ、その先にわな用の糸を輪にします。ウサギが輪を通りぬけようとすると、ウサギの首がつり上がります。

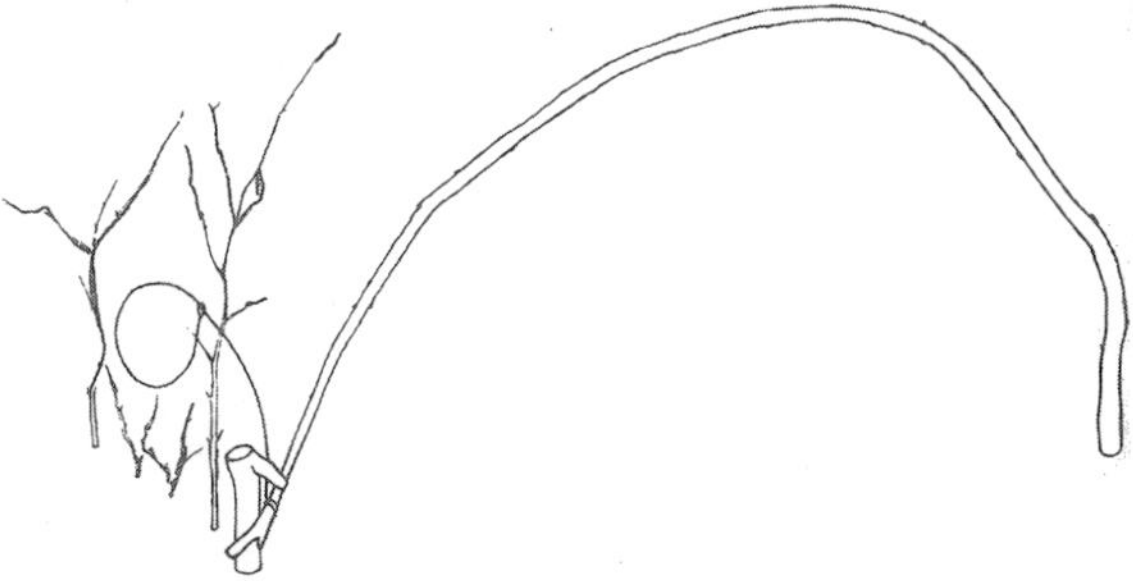

エゾマツの上の怪《かい》鳥《ちょう》

私の姉
私を育て
いつもと同じに
変わりもなく
私はいたが
ある時から
外の祭《さい》壇《だん》
そのかたわらで

ノーオウウ[*1]
アン・コロ・サポ[*2]
ノーオウウ
イ・レス・キワ
ノーオウウ
ランマ・カネ
ノーオウウ
カッコロ・カネ[*3]
ノーオウウ
オカ・ヤニケ
ノーオウウ
ヘムトム・アニ・ワノ[*4]
ノーオウウ
ア・コロ・イナウチパ[*5]
ノーオウウ
オッ・カシケ・タ[*6]

＊1 ノーオウウ　このサケヘ（繰り返し言葉）はとくに意味のない言葉。
＊2 アンコロサポ　ア（私。主人公はポンオキクルミ）、コロ（持つ）、サポ（姉）。
＊3 カッコロカネ　普通に、変わりなく。
＊4 ヘムトムアニワノ　ヘムトム（ある時、このごろ）、アンヒ（ある）、ワノ（から）。
＊5 アコロイナウチパ　ア（私）、コロ（持つ）、イナウチパ（祭壇）。家の外、東側にある祭壇。
＊6 オッカシケタ　オッ（の）、カシケ（上）、タ（に）。

大空の表へ
届《とど》くほどの
高いエゾマツ
生えてきて
エゾマツの上に
フリという怪鳥《かいちょう》が
巣《す》を作って
入っている

ノーオウウ
ウ[*7]ㇱニㇱ・コトロ
ノーオウウ
エ[*8]ウㇱ・カネ・アン
ノーオウウ
ポ[*9]ロ・スンク
ノーオウウ
オ[*10]ウㇱ・ルウェ・ネナ
ノーオウウ
ス[*11]ンク・キタイ・タ
ノーオウウ
シ[*12]ポロ・フリ
ノーオウウ
セ[*13]ッ・カㇻ・ワ
ノーオウウ
オロ・オマ・ナ

＊7 ウシニㇱコトロ　ウシニㇱ（大空）、コトロ（面）。
＊8 エウㇱカネアン　エウㇱ（入る）、カネ（ように）、アン（ある）。
＊9 ポロスンク　ポロ（大きい）、スンク（エゾマツ）。
＊10 オウㇱルウェネナ　オ（それ）、ウㇱ（生える）、ルウェ（様子）、ネナ（だよ）。急に生えてきた。
＊11 スンクキタイタ　スンク（エゾマツ）、キタイ（上）、タ（に）。
＊12 シポロフリ　シ（本当に）、ポロ（大きい）、フリ（怪鳥）。フリというのは想像上の大鳥。大きいクジラ一頭を持って飛べるほどの大きさ。
＊13 セッカㇻワ　セッ（巣）、カㇻ（作り）、ワ（して）。

その怪鳥《かいちょう》を
見ていながら
私の姉は
知らん顔して
過《す》ごしていた
そのうちに
ある時期から
召《め》し使いたちが

ノーオウウ
エヌーネ・キナ
ノーオウウ
キ[*14]・ルウェ・ネ・コロカ
ノーオウウ
ア・コロ・サポ・カ
ノーオウウ
コ[*15]ノタヤシイ
ノーオウウ
オカ・ヤン・カトゥ
ノーオウウ
ウネ・ヤクス
ノーオウウ
ヘムトム・アニ・ワノ
ノーオウウ
ウ[*16]ッシユー・ウタㇻ

＊14 キルウェネコロカ　キ（する）、ルウェ（様子）、ネコロカ（けれども）。
＊15 コノタヤシイ　コノタヤシ（知らん顔）、イ（それ）。
＊16 ウッシユーウタㇻ　ウッシユー（召し使い）、ウタㇻ（たち）。

水をくみに
入れ物を持ち
外へ行き
水をくんで
家の方へ
帰ってくる
その様子を
木の上から

ノーオウウ

ワッカ・タ・クス[*17]

ノーオウウ

ニヤトゥシ[*18]

ノーオウウ

ウイナ・ナ

ノーオウウ

ワッカ・タ・キ・パ[*19]

ノーオウウ

ネユン・イキ・ワ

ノーオウウ

ウアラキ・キワ

ノーオウウ

ネヤ・ニヤトゥシ

ノーオウウ

アンパ・キ・コロ

＊17 ワッカタクス　ワッカ（水）、タ（くみ）、クス（ため）。

＊18 ニヤトゥシ　木の皮で作った器、バケツ。

＊19 ワッカタキパ　ワッカ（水）、タ（くみ）、キ（する）、パ（それら）。

見ていた怪鳥《かいちょう》
化け物鳥
恐《おそ》ろしいフリ
急降下《きゅうこうか》して
召《め》し使いをさらい上げ
巣《す》の中で
つつく音
むしる音

ノーオウウ
ネア・スンク・キタイ[20]
ノーオウウ
ウフリ・ニッネイ[21]
ノーオウウ
ウフリ・シンナイイサム[22]
ノーオウウ
スワヌ・キ・ワ[23]
ノーオウウ
ウウイナ・キワ
ノーオウウ
チカプ・セトッタ[24]
ノーオウウ
イ・トッパ・フミ[25]
ノーオウウ
イ・リセ・フミ[26]

＊20　ネアスンクキタイ　ネア（あの）、スンク（エゾマツ）、キタイ（上）。
＊21　ウフリニッネイ　フリ（怪鳥）、ニッネイ（堅い、化け物、鬼）。鬼のような怪鳥。
＊22　ウフリシンナイサム　ウフリ（怪鳥）、シンナ（別、違う）、イサム（いない）。フリとは違う化け物鳥というが、語意を強めるためにシンナイサムというだけで、いろいろな時にシンナイサムは使われる。
＊23　スワヌキワ　スワヌ（急降下）、キワ（して）。音もたてずにすうっと降りてくること。
＊24　チカプセトッタ　チカプ（鳥）、セッ（巣）、オッタ（に）。
＊25　イトッパフミ　イ（それ）、トッパ（うつく）、フミ（音）。
＊26　イリセフミ　イ（それ）、リセ（むしる）。

それを聞き
嫌《いや》な思いを
私はして
暮《く》らしていた
女の召し使いは
全部食われ
男の召し使い
その者たちが

ノーオウウ
ア・エ・ラムカ[*27]
ノーオウウ
シッネ・カネ[*28]
ノーオウウ
ウアナン・カトゥ
ノーオウウ
エヌネ・アイネ
ノーオウウ
ウッシユー・メノコ[*29]
ノーオウウ
ア・オケレ・キナ[*30]
ノーオウウ
ウッシュ・オッカヨ[*31]
ノーオウウ
ウタロロケ[*32]

＊27 アエラムカ　ア（それ）、エ（それ）、ラム（思い）、カ（も）。
＊28 シッネカネ　シッネ（もつれ）、カネ（して）。
＊29 ウッシユーメノコ　ウッシユー（召し使い）、メノコ（女）。
＊30 アオケレキナ　ア（それ）、オケレ（終わる）、キナ（した）。女の召し使いはフリに全部殺されてしまった。
＊31 ウッシュオッカヨ　ウッシュ（召し使い）、オッカヨ（男）。
＊32 ウタロロケ　ウタㇻ（仲間たち）、オロケ（所）。

女に代わって
水をくみに
入れ物を持ち
外へ出ると
前と同じに
さらわれて
そのうちに
男の召《め》し使いも

ノーオウウ
アシリキンネ*33
ノーオウウ
ワッカ・タクス
ノーオウウ
ニヤトゥシ・ウイナ
ノーオウウ
エヌネ・キコロ*34
ノーオウウ
アリ・コラチ*35
ノーオウウ
アカン・ルウェ・ネ*36
ノーオウウ
ウシリキ・アイネ*37
ノーオウウ
オッカヨ・ウッシユ

＊33 アシリキンネ　アシリ（新しい）、イキンネ（列）。
＊34 エヌネキコロ　すると。
＊35 アリコラチ　アンヒ（あった）、コラチ（同じ）。
＊36 アカンルウェネ　アカラ（それ作る）、ルウェ（様子）、ネ（だ）。
＊37 ウシリキアイネ　ウシリ（ありさま）、キ（する）、アイネ（そして）。「ウ」は語呂合わせの言葉。木の上の怪鳥に、男の召し使いも女の召し使いも全部殺されてしまった。

女の召し使いも
全部が殺され
今はもう
私の姉
一人だけが
残っている
ある日のこと
私の姉

ノーオウウ
メノコ・ウッシユ
ノーオウウ
ア・ノ・ケレナ
ノーオウウ
タ[*38]ネアナッネ
ノーオウウ
イ[*39]・レス・サポ
ノーオウウ
シネン・ネ・パテッ
ノーオウウ
ウアン・ルウェ・ネ
ノーオウウ
エヌネ・アイネ
ノーオウウ
イ[*40]パンコロ・サポ

*38 タネアナッネ　タネ(今)、アナッネ(は)。
*39 イレスサポ　イ(私)、レス(育てる)、サポ(姉)。今は姉一人だけが生き残っている。
*40 イパンコロサポ　イ(私)、アン(いる)、コロ(持つ)、サポ(姉)。

死人の装束《しょうぞく》を
身にまとい
私に向かい
いうことは
次のような
言葉であった
ずうっと昔
お前の父が

ノーオウウ
ウライペ・シユッ[*41]
ノーオウウ
エ・ヤイ・コ・カラカラ[*42]
ノーオウウ
エトゥイ・カシケ[*43]
ノーオウウ
イタッコマレ[*44]
ノーオウウ
エネ・ヤンクニ[*45]
ノーオウウ
テエタ・カネ[*46]
ノーオウウ
ホシキノ・カネ[*47]
ノーオウウ
カムイ・エ・オナ[*48]

＊41 ウライペシユッ　ウライ（死ぬ）、ペ（者）、シユッ（装束）。
＊42 エヤイコカラカラ　エ（それ）、ヤイ（自身）、コ（に）、カラカラ（作り）。
＊43 エトゥイカシケ　エトゥイ（それ）、カシケ（上）。この場合のエトゥイの「トゥイ」は、語意を強めるためのもの。
＊44 イタッコマレ　イタッ（言葉）、オマレ（入る）。
＊45 エネヤンクニ　エネ（そう）、アン（ある）、クニ（であろうこと）。
＊46 テエタカネ　テエタ（ずうっと）、カネ（に）。
＊47 ホシキノ　ホシキノ（先に）。ずうっとずうっと前に。
＊48 カムイエオナ　カムイ（神）、エ（お前）、オナ（父）。

のろわれて
いろいろな
化け物を
差し向けられ
そのうちに
木の上にいる
あのフリが
お前の父に

ノーオウウ
ア[*49]・ケㇱケキワ
ノーオウウ
ウ[*50]アㇻ・ウェン・カムイ
ノーオウウ
ウ[*51]サ・ウェン・カムイ
ノーオウウ
ア[*52]コイキ・レナ
ノーオウウ
ウ[*53]シリキ・アイネ
ノーオウウ
タ[*54]アン・フリ・ニッネイ
ノーオウウ
ウアㇻ・ウェン・カムイ
ノーオウウ
アコイキ・レナ

＊49 アケㇱケキワ　ア(それ)、ケㇱケ(のろわれ)、キワ(して)。
＊50 ウアㇻウェンカムイ　ウアㇻ(まったく)、ウェン(悪い)、カムイ(神)。
＊51 ウサウェンカムイ　ウサ(いろいろ)、ウェン(悪い)、カムイ(神)。
＊52 アコイキレナ　ア(それ)、コイキ(いじめ)、レ(させて)、ナ(よ)。
＊53 ウシリキアイネ　ウシリ(ありさま)、キ(する)、アイネ(そして)。
＊54 タアンフリニッネイ　タアン(これいる)、フリ(怪鳥)、ニッネイ(堅い、鬼)。

向かってきて
お前の父を
殺してしまった
そのあとで
お前一人が
残されたので
お前を育てるのに
苦労しながら

ノーオウウ
ウフリ・ニッネイ
ノーオウウ
エコロ・オナハ[*55]
ノーオウウ
ウライケ・キナ[*56]
ノーオウウ
オカケヘタ
ノーオウウ
シネネネワ[*57]
ノーオウウ
アエ・ホッパ・キワ[*58]
ノーオウウ
ア・エ・レス・ポカ[*59]
ノーオウウ
エヤイ・コ・ラム[*60]

＊55 エコロオナハ　エ（お前）、コロ（持つ）、オナハ（父）。
＊56 ウライケキナ　ライケ（殺す）、キ（する）、ナ（した）。お前の父は木の上にいるフリに殺されたのだ。
＊57 シネネネワ　シネン（二人）、エ（お前）、ネワ（で）。
＊58 アエホッパキワ　ア（私）、エ（それ）、ホッパ（残す）、キ（する）、ワ（して）。
＊59 アエレスポカ　ア（私）、エ（お前）、レス（育てる）、ポカ（も）。
＊60 エヤイコラム　エ（それ）、ヤイ（自身）、コ（に）、ラム（思い）。

私は今まで
いたけれど
父の亡《な》きあと
お前までも
のろわれて
このように
怪鳥《かいちょう》が来て
お前を目当てに

ノーオウウ
ペ[61]テッネ・キコロ
ノーオウウ
オカ・アナワ
ノーオウウ
オナ・オカ・タ
ノーオウウ
ア[62]エ・ケシケヒネ
ノーオウウ
タネ・ネクス
ノーオウウ
アラ・ウェンカシパ
ノーオウウ
エパンネヒネ
ノーオウウ
ア[63]シリキンネ

＊61 ペテッネキコロ　ペテッネ（もつれる）、キ（する）、コロ（ながら）。私がお前を育てるために苦労をして、思いもつれながら。寒い時に手がかじかむのをテケペテッネという。酔っぱらいが口もきけないくらいになると、パロペテッネ（口がもつれる）という。
＊62 アエケシケヒネ　ア（お前）、エ（それ）、ケシケ（のろわれ）、ヒネ（そして）。
＊63 アシリキンネ　アシリ（新しい）、イキリネ（列に）。また新たにのろわれて。

木の上から
虎《こ》視《し》眈《たん》々《たん》と
狙《ねら》っていて
その前に
召《め》し使いたちを
男の方も
女の方も
殺されてしまい

ノーオウウ
アエ・コイキ・カトゥ[*64]
ノーオウウ
ウフリ・ニッネイ[*65]
ノーオウウ
エコイキ・カトゥ
ノーオウウ
エネ・エトコ
ノーオウウ
アコロ・ウッシユ・ヒ[*66]
ノーオウウ
オッカヨ・オロケ
ノーオウウ
メノコ・オロケ
ノーオウウ
アノケレワ[*67]

＊64 アエコイキカトゥ　アエ（お前）、コイキ（いじめ）、カトゥ（様子）。いじめられる様子だ。
＊65 ウフリニッネイ　「ウ」は語呂合わせのための語。フリ（怪鳥）。ニッネ（堅い）、イ（やつ）。
＊66 アコロウッシユヒ　ア（私）、コロ（持つ）、ウッシユ（召し使い）、ヒ（が）。カムイユカラとか昔話の中にはよくウッシユが出てくるが、実際はどうであったか。狩りの下手な者などは、生活手段として他人の家に住みこみ、食べさせてもらい、雇用関係は別として下男や下女的役割をしていたと思われる。
＊67 アノケレワ　ア（それ）、ノ（まったく）、オケレ（終わる）。

今はもう
私一人に
なってしまった
これから私は
外へ出るが
私は女
いうまでもないが
腐《くさ》ったフリに

ノーオウウ
タネアナㇰネ
ノーオウウ
シネン・アネワ[*68]
ノーオウウ
エ・レス・サポ
ノーオウウ
イパンネ・キワ
ノーオウウ
ソイェネ・アン・チキ[*69]
ノーオウウ
メノコ・ア・ネプン[*70]
ノーオウウ
エポソカネ[*71]
ノーオウウ
ウアㇻ・ウェン・カムイ

＊68 シネンアネワ　シネン（一人）、ア（私）、ネ（なる）、ワ（で）。
＊69 ソイェネアンチキ　ソイェネ（外へ出る）、アン（ある）、チキ（なら）。
＊70 メノコアネプン　メノコ（女）、ア（私）、ネプ（なる）、ウン（よ）。
＊71 エポソカネ　いうまでもないが。

殺されてしまう
ことで
あろうけれど
私の死んだあとで
先祖《せんぞ》を祭る
お前なので
万が一にも
化け物鳥に

ノーオウウ
ウモンポキケ[*72]
ノーオウウ
アノマ・ナンコロ[*73]
ノーオウウ
キ・ワ・ネヤㇰカ
ノーオウウ
イヨカケタ
ノーオウウ
シンリッ・ル・オカ[*74]
ノーオウウ
イヨ・テレケレ[*75]
ノーオウウ
イキネイペカ[*76]
ノーオウウ
ウェン・カムイ

＊72 ウモンポキケ　モン（力）、ポキケ（下）。
＊73 アノマナンコロ　ア（私）、オマ（入る）、ナンコロ（であろう）。いうまでもないが私は女なので、あのフリに負けるであろう。
＊74 シンリッルオカ　シンリッ（根っこ、先祖）、ル（道）、オカ（後）。
＊75 イヨテレケレ　イ（それ）、テレケ（飛び）、レ（させる）。
＊76 イキネイペカ　万が一にも。

負けることが
あってはならない
ことなのです
そのように
育ての姉が
いいながら
鍔《つば》の小さい
懐刀《ふところがたな》を

ノーオウウ
シ[*77]マケタレ
ノーオウウ
エ[*78]キイ・ルウェ
ノーオウウ
ソモ・ネナンコロ
ノーオウウ
アリノカネ
ノーオウウ
イパン・コロ・サポ
ノーオウウ
ハウェアン・キコロ
ノーオウウ
ポ[*79]イ・セッパ・ウンペ
ノーオウウ
ウ[*80]ウプソロ・エチユー

＊77 シマケタレ　シ(自ら)、マケタ(負けた)、レ(させる)。負けるという言葉は、アイヌ語でもマケタという。
＊78 エキイルウェ　エ(お前)、キ(する)、ルウェ(様子)。
＊79 ポイセッパウンペ　ポン(小さい)、セッパ(鍔)、ウン(入った)、ペ(物)。
＊80 ウプソロエチユー　ウプソロ(懐)、エ(それ)、チユー(差し)。小さい鍔のついた女性用懐刀を懐に入れて。原文のアイヌ語から想像すると、小さい鍔がついていて女が懐へ入れるほどの短刀と思われる。このような短刀のもう一つの呼び方にサランペカラペ(サランペは絹、カラは作る、ペは物)。絹作りの物というのは、短刀を入れてある袋を見てそのようにいったか。

懐に入れ
外へ出た
あのエゾマツ
鳥の巣《す》から
化け物鳥
怪鳥《かいちょう》フリが
姉を目がけ
急《きゅう》降《こう》下《か》する

ノーオウウ
ウパッノ・ネコロ
ノーオウウ
ソイエネ・キナ
ノーオウウ
ウネヤ・スンク
ノーオウウ
チカプ・セッ・オロワ[*81]
ノーオウウ
ウアラ・ウエン・カムイ
ノーオウウ
ウフリ・ニッネイ
ノーオウウ
イパン・コロ・サポ[*82]
ノーオウウ
エコ・シワヌ・フミ[*83]

＊81 チカプセッオロワ　チカプ（鳥）、セッ（巣、寝床）、オロワ（から）。
＊82 イパンコロサポ　アコロ（私持つ）、サポ（姉）。
＊83 エコシワヌフミ　エ（それ）、シワヌ（急降下）、フミ（音）。

その羽音《はおと》が
しゅうっと鳴った
私の姉と
戦う音が
響《ひび》きわたり
それから後
夜の三日
昼の三日

ノーオウウ
シ[*84]ューコサヌ・ナ
ノーオウウ
タポロワノ
ノーオウウ
イパンコロ・サポ
ノーオウウ
トゥラノカイキ
ノーオウウ
ウ[*85]コイキ・フミ
ノーオウウ
タ[*86]ネアナッネ
ノーオウウ
ウ[*87]クンネ・レレコ
ノーオウウ
ウ[*88]トカプ・レレコ

＊84 シューコサヌ　シューッと鳴った。私の姉を目がけて、フリはシューッと急降下してきた。ほかにアイヌ語の主な擬声語を記すと、トゥリミムセ（グワラグワラと響きわたる）。コシューシュワッキ（杖を振る音がビュービューッと鳴りひびく）。コセペパッキ（バリバリと音を立てる）、火事の音などはこれを使う。

＊85 ウコイキフミ　ウ（互い）、コイキ（いじめる）、フミ（音）。

＊86 タネアナッネ　タネ（今）、アナッネ（は）。

＊87 ウクンネレレコ　クンネ（黒い＝夜）、レレコ（三日）。

＊88 ウトカプレレコ　トカプ（昼）、レレコ（三日）。

まったく六日
そのあとで
私の姉の
死んだ魂《たましい》
行った音が
私に聞こえた
怒《いか》りの心を
私はもち

ノーオウウ
ノ[*89]イワン・レレコ
ノーオウウ
イマカケタ
ノーオウウ
イパンコロ・サポ
ノーオウウ
イ[*90]ノトゥ・オロケ
ノーオウウ
オ[*91]マヌム・コンナ
ノーオウウ
ホ[*92]プニ・カネ
ノーオウウ
イ[*93]ルシカ・ケウトゥム
ノーオウウ
ア[*94]ヤイ・コロ・パレ

*89 ノイワンレレコ　ノイワン（六つ）、レレコ（三日）。今はもう夜三日に昼三日、合わせて六日、怪鳥フリと私の姉は戦った。「ノ」は語呂合わせのための語。
*90 イノトゥオロケ　イノトゥ（魂）、オロケ（所、それ）。
*91 オマヌムコンナ　オマン（行く）、フム（音）、コンナ（が）。
*92 ホプニカネ　ホプニ（起きる）、カネ（する）。起きる。私（オイナカムイ）の姉はフリに殺されて死んだ。魂が体から離れ、神の国へ帰る音が響きわたる。
*93 イルシカケウトゥム　イルシカ（怒る）、ケウトゥム（精神）。
*94 アヤイコロパレ　ア（私）、ヤイ（自身）、コロパレ（持たす）。

まったくの化け物
腐《くさ》ったものが
これほどまで
おさまり返り
そこにいるとは
もう許《ゆる》せない
そう思い
私の武具《ぶぐ》

ノーオウウ

ウアㇻ・ウェン・カムイ

ノーオウウ

ウアㇻ・カミヤシ

ノーオウウ

エネエヤシリ

ノーオウウ

シ*95・ピト・ネレ

ノーオウウ

シ*96・カムイ・ネレ

ノーオウウ

ウキ・フミ・ヤン

ノーオウウ

ヤイヌ・アン・クス

ノーオウウ

ア*97・ネ・ハヨッペ

＊95 シピトネレ　シ（自ら）、ピト（神）、ネレ（させる）。

＊96 シカムイネレ　シ（自ら）、カムイ（神）、ネレ（させる）。自分だけが強い神だと思い上がっている時に、外側から見てシピトネシカムイネレという。

＊97 アネハヨッペ　ア（私）、ネ（なる）、ハヨッペ（武具）。武具そのものはどのような形であったか。武具の懐へ入ると、空を飛べ、大地へ潜り、空中静止ができるとある。しかし、枕元に掛けてある武具は、手もあり足もあることを考えると、昔の大和武士の鎧のたぐいであったかもしれない。カムイユカㇻの世界のこと、あまり詮索をしない方が夢がある。

その懐《ふところ》へ
私は入り
さっとばかり
外へ出た
まったくの化け物
怪鳥《かいちょう》フリとの
戦いを
私は始めた

ノーオウウ
ウ*98ユップソロロケ
ノーオウウ
アノ・シキル
ノーオウウ
エヌネ・チキ
ノーオウウ
オロワノ
ノーオウウ
ウアラ・ウェン・カムイ
ノーオウウ
ウ*99フリ・ニッネイ
ノーオウウ
トゥラ・ノカイキ
ノーオウウ
ウ*100コイキ・アンナ

*98 ウユップソロロケ　ウプソロ（懐）、オロケ（所）。
*99 ウフリニッネイ　フリ（怪鳥）、ニッネイ（堅い、鬼）。
*100 ウコイキアンナ　ウ（互い）、コイキ（いじめ）、アン（ある）、ナ（よ）。

今はもう
昼の三日
夜の三日
まったく六日
まったくの化け物
まったくの悪神へ
襲《おそ》いかかった
その様子は

ノーオウウ
タネアナッネ
ノーオウウ
ウトカプ・レレコ
ノーオウウ
ウクンネ・レレコ
ノーオウウ
ノイワン・レレコ[*101]
ノーオウウ
ウアラ・カミヤシ
ノーオウウ
ウアラ・ウェン・カムイ[*102]
ノーオウウ
アコイキ・カトゥ[*103]
ノーオウウ
イキヤッ・カイキ

＊101　ノイワンレレコ　ノ（まったく）、イワン（六つ）、レレコ（日）。たくさん、たくさんの六日ということで、この場合のレレコは三日という意ではなく、日々ということ。六という数字は五本の指では数えられないところから、たくさん、いっぱいの意。
＊102　ウアラウェンカムイ　ウアラ（まったく）、ウェン（悪い）、カムイ（神）。
＊103　アコイキカトゥ　ア（私）、コイキ（いじめ）、カトゥ（様子）。

化け物フリを
斬《き》ったように
薙《な》いだように
私は思うが
腐《くさ》ったもの
ほんのわずかに
羽《は》根《ね》が落ち
私の小《こ》袖《そで》

ノーオウウ

ウアㇻ・ウェン・カムイ

ノーオウウ

ア・トゥイパ・ペコロ[*104]

ノーオウウ

ア・タウキ・ペコロ[*105]

ノーオウウ

ヤイヌ・アナッカ[*106]

ノーオウウ

アㇻ・ウェン・カムイ

ノーオウウ

アリ・ポンノ・ポンノ[*107]

ノーオウウ

ラプフ・ア・トゥルセ・レ[*108]

ノーオウウ

ア・ミ・コソンテ[*109]

＊104 アトゥイパペコロ　ア（私）、トゥイパ（斬った）、ペコロ（らしく）。

＊105 アタウキペコロ　ア（私）、タウキ（たたき斬る）、ペコロ（らしく）。

＊106 ヤイヌアナッカ　ヤイヌ（思う）、アン（ある）、ヤッカ（けれども）。

＊107 アリポンノポンノ　アㇻ（まったく）、ポンノ（少し）。二つ重ねて少しずつ。

＊108 ラプフアトゥルセレ　ラプフ（羽根）、ア（それ）、トゥルセ（落ちる）、レ（させる）。

＊109 アミコソンテ　ア（私）、ミ（着る）、コソンテ（小袖）。

その表に
二つの縦《たて》傷《きず》
三つの縦傷
走るけれど
自分自身に
気合を入れ
戦っているうちに
あれからすでに

ノーオウウ
クル・カシケ
ノーオウウ
オ[*110]トゥ・コンニキ
ノーオウウ
オ[*111]レ・コンニキ
ノーオウウ
アラパ・ヤッカ
ノーオウウ
ヤ[*112]ヨ・フムセ
ノーオウウ
ヤヨ・シンカネレ
ノーオウウ
アン・アイネ
ノーオウウ
タネアナッ

＊110 オトゥコンニキ　オ（それ）、トゥ（二）、コン（それ）、ニキ（上げ）。子どもに着せる着物が長い時に上げをする。それをニキヒウッという。上げをしたように斬られた傷。

＊111 オレコンニキ　オ（それ）、レ（三）、コロ（持つ）、ニキヒ（上げ）。ここにも「二つの…」「三つの…」と常套句が出てくる。私の武具の表には、二つも三つも上げをした時のように縦横の傷がついた。

＊112 ヤヨフムセ　ヤイ（自身）、オ（それ）、フムセ（気合）。

夏の六年
冬の六年が
過《す》ぎてしまった
私自身も
死んだのか
眠《ねむ》ったのか
私の思いが
もつれてしまった

ノーオウウ
サ[113]ッパ・イワン・パ
ノーオウウ
マ[114]タ・パ・イワン・パ
ノーオウウ
ウ[115]コイキ・アン・アイネ
ノーオウウ
タ[116]ネアナッネ
ノーオウウ
ラ[117]イ・ヘネヤ
ノーオウウ
モ[118]コロ・ヘネヤ
ノーオウウ
ア[119]イェ・ラム・カトゥ
ノーオウウ
チ[120]・シスイェナ

＊113 サッパイワンパ　サッ（夏）、パ（年）、イワン（六つ）、パ（年）。

＊114 マタパイワンパ　マタ（冬）、パ（年）、イワン（六つ）、パ（年）。

＊115 ウコイキアンアイネ　ウ（互い）、コイキ（いじめ）、アン（ある）、アイネ（そして）。怪鳥フリと夏六年、冬六年戦った。この六年も、長い間戦争したという意を含む。

＊116 タネアナッネ　タネ（今）、アナッネ（は）。

＊117 ライヘネヤ　ライ（死ぬ）、ヘネヤ（なのか）。

＊118 モコロヘネヤ　モコロ（眠り）、ヘネヤ（なのか）。

＊119 アイェラムカトゥ　アイェ（それ）、ラム（思い）、カトゥ（様子）。

＊120 チシスイェナ　チ（それ）、シ（みずから）、スイェ（振り）、ナ（だ）。

そのように
なったあと
ようやっと
気がついて
見てみると
化け物フリを
大地と刻《きざ》み
少しの骨《ほね》も

ノーオウウ
エヌネ・キコロ
ノーオウウ
イキ・ヤナイネ
ノーオウウ
コ[*121]・ヤイシカルン
ノーオウウ
ア[*122]・キ・アクス
ノーオウウ
フ[*123]リ・ニッネイ
ノーオウウ
アラ・ウェン・カムイ
ノーオウウ
ア・トイ・コタタ
ノーオウウ
ポ[*124]オン・ポネ・へ

＊121 コヤイシカルン　コ（それ）、ヤイ（自身）、エシカルン（思い出した）。
＊122 アキアクス　ア（私）、キ（する）、アクス（したら）。
＊123 フリニッネイ　ニッネイ（鬼のような）。化け物フリの形容。
＊124 ポオンポネへ　ポオン（少し）、ポネ（骨）、へ（も）。

少しの屑《くず》も
まったくないほど
大地を俎《まないた》に
斬《き》りきざんで
殺したあとで
私は目覚めた
そのあとで
古いことを

ノーオウウ
ポ[*125]オン・フミヒ
ノーオウウ
オ[*126]アラ・イサムノ
ノーオウウ
ア[*127]・トイ・コ・タタ
ノーオウウ
ア[*128]・トイ・コ・フムパ
ノーオウウ
キ[*129]・アアン・ウシケ
ノーオウウ
コ[*130]・ヤイ・モソソ
ノーオウウ
ア・キ・ワ・オラノ
ノーオウウ
ヤ[*131]イ・コ・トゥイマ

＊125 ポオンフミヒ　ポオン（少し）、フミフ（屑）。
＊126 オアㇻイサムノ　オアㇻ（まったく）、イサム（ない）、ノ（ように）。
＊127 アトイコタタ　ア（それ）、トイ（土）、コ（それ）、タタ（刻んだ）。大地とともに怪鳥フリを刻んだということ。
＊128 アトイコフムパ　ア（それ）、トィ（土）、コ（ともに）、フムパ（斬りきざんだ）。
＊129 キアアンウシケ　キ（する）、アアン（であった）、ウシケ（所）。
＊130 コヤイモソソ　コ（それ）、ヤイ（自身）、モ（静か）、ソソ（はがす）。目覚めることをいう。
＊131 ヤイコトゥイマ　ヤイ（自身）、コ（それ）、トゥイマ（遠く）。

振《ふ》り返って
みてみると
このように
怪鳥《かいちょう》フリ
悪い化け物
私の召《め》し使いや
私の姉を
殺してしまった

ノーオウウ
シ・ラムスイェ[*132]
ノーオウウ
アナクス
ノーオウウ
タプネカネ
ノーオウウ
フリ・ニツネイ
ノーオウウ
アラ・ウェン・カムイ
ノーオウウ
ア・コロ・ウッシュー
ノーオウウ
ア・コロ・サポ
ノーオウウ
イ・コ・オケレ

＊132　シラムスイェ　シ（自ら）、ラム（思い）、スイェ（振り）。やっとの思いで目覚めて、古いことを思い出した。

殺された姉や
殺された父の
敵《かたき》を討《う》ったのを
ようやくのこと
思い出した
フリとの戦いを
振《ふ》り返ると
あの化け物は

ノーオウウ
アコロ・サポ
ノーオウウ
ライケ・ヒ
ノーオウウ
イヨヌイタサ[*133]
ノーオウウ
ア・コイキ・ヒ・アイ[*134]
ノーオウウ
ア・エシカルン[*135]
ノーオウウ
ヤイコシラムスイェ
ノーオウウ
アナイネ
ノーオウウ
アラ・ウェン・カムイ

＊133 イヨヌイタサ　イ（それ）、オヌイタサ（反対に）。
＊134 アコイキヒアイ　ア（私）、コイキ（いじめ）、ヒ（した）、アイ（のを）。
＊135 アエシカルン　ア（私）、エシカルン（思い出した）。

金の心《しん》臓《ぞう》の緒《お》
六本の緒
普《ふ》通《つう》の心臓の緒
六本の緒
持っていたが
私自身も
普通の心臓の緒
金の心臓の緒

ノーオウウ

カネ・サムペ・アッ[*136]

ノーオウウ

イワン・サンペ・アッ[*137]

ノーオウウ

ヤヤン・サンペ・アッ[*138]

ノーオウウ

イワン・サンペ・アッ

ノーオウウ

コロ・ペ・ネアアン[*139]

ノーオウウ

アシヌマカ[*140]

ノーオウウ

ヤヤン・サンペ・アッ

ノーオウウ

カネ・サンペ・アッ

*136 カネサムペアッ　カネ（金）、サムペ（心臓）、アッ（緒）。

*137 イワンサンペアッ　イワン（六つ）。

*138 ヤヤンサンペアッ　ヤヤン（普通）。

*139 コロペネアアン　コロ（持つ）、ペ（者）、ネ（なる）、アアン（であった）。

*140 アシヌマカ　アシヌマ（私）、カ（も）。「心臓の緒」とは、人間の身体についている心臓は、普通は太い緒（血管）一本だけだが、フリにも私にも六本ずつあったので、なかなか死ななかったということ。それも、金の六本、普通の六本と、いかにも強そうにいう。この「六本」も、たくさんある、丈夫な、という意を含む。

六本ずつを
私も持って
いたのであった
そのために
どちらも簡単《かんたん》に

死なかった
神なる父が
私を守護《しゅご》し
化け物フリを
悪い国土へ

ノーオウウ
イワン・サンペ・アッ
ノーオウウ
ア・コロ・ペ・ネアアン
ノーオウウ
ルウェ・ネワ・クス
ノーオウウ
ウ[*141]・カラ・ニユケシ
ノーオウウ
アン・ヤッカ
ノーオウウ
リクン・モシリ・ワ
カ[*142]ムイ・ア・オナ
イ[*143]・イェ・プンキネワ
アラ・ウェン・カムイ
ア[*144]ラ・ウェン・モシリ

＊141 ウカラニユケシ　ウ（互い）、カラ（作る、殺す）、ニユケシ（できない）。
＊142 カムイアオナ　カムイ（神）、ア（私）、オナ（父）。ここからサケへがなくなり、語り口調になる。
＊143 イイェプンキネワ　イ（私）、プンキネ（守る）、ワ（して）。
＊144 アラウェンモシリ　アラ（まったく）、ウェン（悪い）、モシリ（国土）。

向けて行かせた
今はもう
神である父
そのあとで
国土を守り
神を守って
私はいるのです
と　神である
オイナカムイが
いいました

ア[*145]・コ・キル・ワ
タネアナッネ
ア・カムイ・オナ・ハ
オ[*146]カケ・ヘタ
モ[*147]シリ・プンキ
カ[*148]ムイ・プンキ
アンワ・アナン・クス
ア・イェ・セコロ
オ[*149]イナカムイ
ハウェアン

＊145 アコキル　ア（私）、コ（それ）、キル（向け）。悪いフリを悪い国土へ行かせてしまった。
＊146 オカケヘタ　オカケ（後）、タ（に）。
＊147 モシリプンキ　モシリ（国土）、プンキ（守る）。
＊148 カムイプンキ　カムイ（神）、プンキ（守る）。
＊149 オイナカムイ　オキクルミという神の別名。オキクルミは天の国からアイヌの国へ来て、アイヌに生活文化を教えた神といわれている。

語り手　平取《びらとり》町貫気別《ぬきべつ》
木村こぬまたん
（昭和37年10月4日採録）

解説

カムイユカラ（神謡《しんよう》）には、神がアイヌへ注文をつけるというものが多いものです。この作品のサケヘはノーオウウで、意味はありません。

内容《ないよう》は、フリという怪鳥《かいちょう》がいて人間をさらっていき、巣《す》の中で食ってしまうという話でしょう。怪鳥フリは人間一人を軽々と持って飛ぶという辺りは、いかに大きいかが想像《そうぞう》できます。フリという鳥は想像上の鳥で実在《じつざい》したものでありませんが、カムイユカラやウウエペケレ（昔話）にはたいていの場合、悪役として登場してくるのが多いようです。

この作品の筋書《すじが》きは比較《ひかく》的単純《たんじゅん》ですが、このようなカムイユカラは、フチ（おばあさん）たちが孫にせがまれると時間つぶしのように、すぐ聞かせてくれるものです。

語り手の木村こぬまたんフチは、日本語よりもアイヌ語の方が得意《とくい》なほど、古いことをよく知っている人でした。

ここでフチの名前の意味について少し触《ふ》れますが、「こぬまたん」というのは、コ（それ）、ヌマッ（肌着《はだぎ》の胸紐《むなひも》）、アン（ある）。「こぬまっあん」が、言葉としていう時は、「こぬまたん」になります。肌着の胸紐をいつもきちんと結んで、しとやかな女になるようにという親の願いが名前に託《たく》してあります。

アイヌ民族が子どもに名前をつける場合には、日本風に男だから太郎、女だから花子というような簡単《かんたん》なものではなしに、その子どもの性格《せいかく》を見てからつけました。

大昔、戸籍《こせき》の手続きなどという面倒《めんどう》なことがなかった時代は、子どもが立って歩くぐらいになって、その子の性質《せいしつ》をよく見てから名前をつけることができたわけです。

■アイヌの民具■ムンヌウェプ（箒《ほうき》）　ござを敷《し》いた床《ゆか》の上を掃《は》くものです。約五〇センチくらいの木の枝《えだ》の先の上に、ストゥカプ（ヤマブドウヅルの皮）六〇センチくらいに切りそろえたものを半分に折り曲げて掛《か》けます。両側から棒《ぼう》を当てて挟《はさ》み、シナの木の皮で作った細紐で結びつけます。

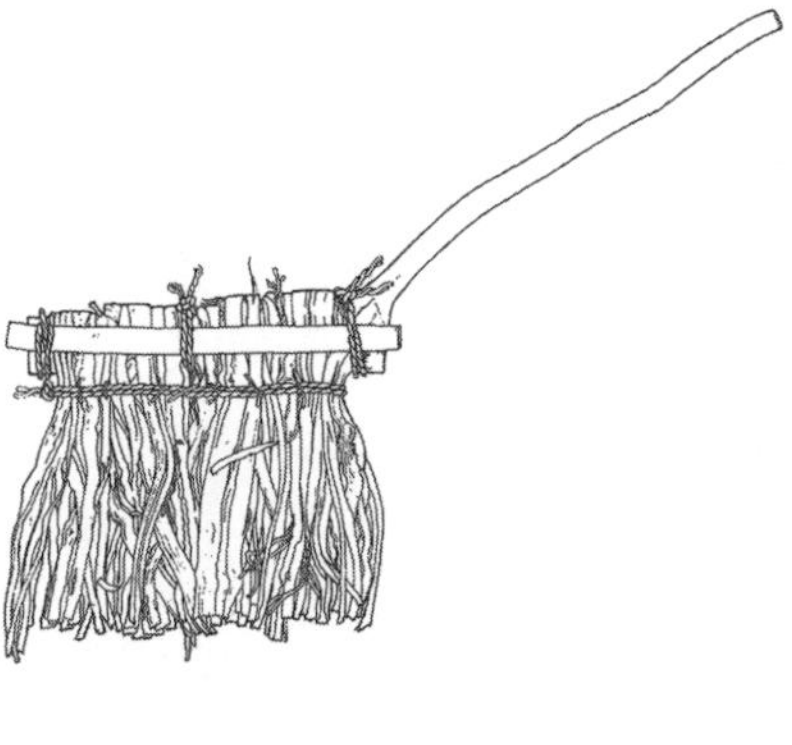

火の女《め》神《がみ》と水の女神のけんか

わたしの夫と
一緒《いっしょ》に暮《く》らし
わたしの夫は
クマを捕《と》ったり
シカを捕ったり
してくれながら
わたしらはいた
わたしの夫は狩《か》りに行き

アペメルコヤンコヤンマッアテヤテンナ
ア・アンテ・ホーク[*1]
アペメルコヤンコヤンマッアテヤテンナ
トゥラノ・カイキ
アペメルコヤンコヤンマッアテヤテンナ
オカ・アニーケ
アペメルコヤンコヤンマッアテヤテンナ
カムイ・チ・コイキ・プ[*2]
アペメルコヤンコヤンマッアテヤテンナ
ユㇰ・チ・コイキ・プ
アペメルコヤンコヤンマッアテヤテンナ
エ・アウナ・ルラ
アペメルコヤンコヤンマッアテヤテンナ
キー・コロ・オカ・アナワ[*3]
アペメルコヤンコヤンマッアテヤテンナ
エキムネ・キー・コロ[*4]

＊1 アアンテホーク　ア（わたし＝火の女神）、アンテ（置く）、ホーク（夫）。火の女神が自分の夫と暮らしている様子から話が始まる。囲炉裏の中の火は女とされていて、その夫は時にソパウンカムイ、あるいはチセコロカムイという神。それはアイヌがつくった神で、家の中の東角に安置されている家を守る神。この話の場合の夫は、フクロウ。

＊2 カムイチコイキプ　カムイ（神）、チ（われら）、コイキプ（いじめる者）。火山にいるクマやシカをいじめる）。火の神もアイヌと同じに狩りに出る。

＊3 キーコロオカアナワ　キコロ（しながら）、オカ（いた）、アナワ（であったが）。

＊4 エキムネキーコロ　エ（それ）、キムン（山へ入る）、キ（する）、コロ（と）。

時によっては
一《ひと》晩《ばん》も*6
二晩も
帰ってこない
そうしているうち
二《ふた》月も帰らん
三《み》月も帰らん
そのような

*6「一(晩)も、二(晩)も」は数行後の「二(月)も…、三(月)も…」と同様、カムイユカラによく出てくる用法。

アペメルコヤンコヤンャッアテヤテンナ
フムネ・アーン・コロ*5
アペメルコヤンコヤンャッアテヤテンナ
シネ・アンチーカㇻ*7
アペメルコヤンコヤンャッアテヤテンナ
トゥ・アンチーカㇻ*8
アペメルコヤンコヤンャッアテヤテンナ
イワッ・イーサム*9
アペメルコヤンコヤンャッアテヤテンナ
オカ・アナーイネ
アペメルコヤンコヤンャッアテヤテンナ
トゥ・ツプ・カ・イーサム*10
アペメルコヤンコヤンャッアテヤテンナ
レ・ツプ・カ・イーサム*11
アペメルコヤンコヤンャッアテヤテンナ
シラン・アーヒケ*12

＊5 フムネアーンコロ　フムネ（時によると）、アンコロ（あると）。
＊7 シネアンチーカㇻ　シネプ（一つ）、アンチカㇻ（晩）。
＊8 トゥアンチーカㇻ　トゥプ（二つ）、アンチカㇻ（晩）。
＊9 イワッイーサム　イワッ（帰る）、イーサム（いない）。時によっては二晩も帰ってこない。
＊10 トゥツプカイーサム　トゥ（二つ）、ツプ（月）、カ（も）、イーサム（いない）。
＊11 レツプカイーサム　レプ（三つ）、イーサム（いない）。一日が二日になり、そして二月が三月も帰ってこなくなった。
＊12 シランアーヒケ　シリ（辺り）、アン（ある）、ヒーケ（そして）。

ある日のこと
どこのコタン（村）かに
爆《ばく》音《おん》の音
位の高い神
来る音が
響《ひび》きわたった
そのうちに
わたしの家

アペメルコヤンコヤンマッアテヤテンナ
＊13シネ・アン・トー・タ
アペメルコヤンコヤンマッアテヤテンナ
＊14イネフイ・コータン
アペメルコヤンコヤンマッアテヤテンナ
＊15ウプㇱコ・サーヌ
アペメルコヤンコヤンマッアテヤテンナ
＊16シパセ・カームイ
アペメルコヤンコヤンマッアテヤテンナ
＊17ウェッ・フム・コンナ
アペメルコヤンコヤンマッアテヤテンナ
コ・トゥリミンセ
アペメルコヤンコヤンマッアテヤテンナ
シリキ・アーイネ
アペメルコヤンコヤンマッアテヤテンナ
＊18ア・ウン・チセー・ヘ

＊13 シネアントータ　シネㇷ゚（一つ）、アン（ある）、ト（日）、タ（に）。
＊14 イネフイコータン　イネフイ（どこ）、コータン（村）。コタンをコータンというのは語呂合わせのため。
＊15 ウプㇱコサーヌ　プㇱ（爆発）、コサヌ（さっと）。プㇱは大きい爆発音に限らず、囲炉裏の中の薪の火が飛んでもアペプㇱ（火が飛んだ）という。囲炉裏の中の焼きグリがはぜてもヤムプㇱ（クリがはぜた）という。
＊16 シパセカームイ　シ（本当に、まったく）、パセ（重い）、カムイ（神）。
＊17 ウエッフムコンナ　ウエッ（来る）。フム（音）、コンナ（が）。カムイユカㇻや昔話では、神が動く時は、雷のような音を響かせて来るものと描写され、音が高いほど位が高いとされている。
＊18 アウンチセーヘ　ア（わたし＝火の神）、ウン（住む）、チセ（家）、ヘ（の）。

屋根の上へ
乗り物を止め
神の言葉が
聞こえてきた
お前の夫は
石の上で
つるつる滑《すべ》る
水の女神《めがみ》の所へ

＊19 キタイケーへ　キタイ（屋根）、ケーへ（に）。

＊20 オシンタアッテ　オ（それ）、シンタ（乗り物）、アッテ（掛ける）。アイヌがいうシンタとは、育児用具の揺りかごというか揺すり台を連想するぐらいのもので、カムイユカラの世界の神の

アペメルコヤンコヤンマッアテヤテンナ
キ*19タイ・ケーヘ
アペメルコヤンコヤンマッアテヤテンナ
オ*20・シンタ・アッテ
アペメルコヤンコヤンマッアテヤテンナ
カ*21ムイ・イタカウ
アペメルコヤンコヤンマッアテヤテンナ
ウ*22ナイコサムパ
アペメルコヤンコヤンマッアテヤテンナ
ス*23マ・カー・タ
アペメルコヤンコヤンマッアテヤテンナ
ル*24ッルッケ・マッ
アペメルコヤンコヤンマッアテヤテンナ
エ*25・アンテ・ホーク
アペメルコヤンコヤンマッアテヤテンナ
コ*26・オチュー・パーシテ

乗り物は、どんな形のものであったのか。

＊21 カムイイタカウ　カムイ（神）、イタッ（いう）、ハウ（声）。

＊22 ウナイコサムパ　ナイコサムパ（さっと響いた）。わたし（火の女神）の家の上へ乗り物を止めた位の高い神は、火の女神よと呼びかけてきた。

＊23 スマカータ　スマ（石）、カ（上）、タ（に）。ここから乗り物に乗ってきた神が語る。

＊24 ルッルッケマッ　ルッルッケ（つるつる滑る）、マッ（女）。スマカタルツルッケマッ（石の上につるりと滑る女）。水の女神の名前。

＊25 エアンテホーク　エ（お前）、アンテ（置く）、ホーク（夫）。お前の夫は水の女神の所へ行き。

＊26 コオチューパーシテ　コ（それ）、オチュー（性交）、パシ（走り）、テ（させ）。

通《かよ》っていって
同棲《どうせい》をしているのに
お前は見えないのかい
知らずにいるのかい
そういわれたが
身分の低い
神ではあるまい
そう思った

アペメルコヤンコヤンマッアテヤテンナ
コキニン・パーシテ[*27]
アペメルコヤンコヤンマッアテヤテンナ
キ・ルウェ・ネイーケ[*28]
アペメルコヤンコヤンマッアテヤテンナ
エシッナㇰ・ルーウェ[*29]
アペメルコヤンコヤンマッアテヤテンナ
エネ・アニーアン[*30]
アペメルコヤンコヤンマッアテヤテンナ
ハワㇱ・コーロカ[*31]
アペメルコヤンコヤンマッアテヤテンナ
ヌパン・カームイ[*32]
アペメルコヤンコヤンマッアテヤテンナ
エ・ネ・アヘーキ
アペメルコヤンコヤンマッアテヤテンナ
ヤイヌ・アン・クース

＊27 コキニンパーシテ　コ（それ）、キニン（淫欲）、パシテ（走り）。淫欲のため行って同棲しているのに知らないのか。

＊28 キルウェネイーケ　キ（する）、ルウェ（様子）、ネイーケ（なのに）。

＊29 エシッナㇰルーウェ　エ（お前）、シッナㇰ（盲目）、ルウェ（様子）。そのことをお前は見えないのかい。

＊30 エネアニーアン　エネ（こう）、アンヒ（いるの）、アン（ある）。知らないでいるのかい、と位の高い神が聞く。

＊31 ハワㇱコーロカ　ハウ（声）、アㇱ（する）、コーロカ（けれど）。ここからまた、火の女神が語る。

＊32 ヌパンカームイ　ヌパン（薄い）、カムイ（神）。パンというのは食べ物の味が薄いという時に使われるが、ここでは味の薄い神、位の低い神、わたしではないぞという意味になる。

わたしは
聞こえないふりを
して過《す》ごした
そうすると
また新たに
知らせが来たので
六枚《まい》の小《こ》袖《そで》を
ひらひらさせ

アペメルコヤンコヤンマッアテヤテンナ

コソモターシヌ[*33]

アペメルコヤンコヤンマッアテヤテンナ

イパンキーナ

アペメルコヤンコヤンマッアテヤテンナ

アシリキンネー・スイ[*34]

アペメルコヤンコヤンマッアテヤテンナ

アイ・コ・アスーラニ[*35]

アペメルコヤンコヤンマッアテヤテンナ

ア・ルシカ・クース[*36]

アペメルコヤンコヤンマッアテヤテンナ

オローワーノ

アペメルコヤンコヤンマッアテヤテンナ

イワン・コーソンテ[*37]

アペメルコヤンコヤンマッアテヤテンナ

エパンナアーッテ[*38]

＊33 コソモターシヌ　コ（それ）、ソモ（違う）、ホタシヌ（用意、準備）。位の高い火の神は簡単に行動を起こさないもの、といわれているので、知らせが来てもすぐには行かない。

＊34 アシリキンネースイ　アシリ（新らしい）、イキリ（縫い目）、ネ（なる）。

＊35 アイコアスーラニ　アイ（わたし）、コ（それ）、アスル（うわさ。夫のかくかくしかじかの）、アニ（持つ）。

＊36 アルシカクース　ア（わたし）、ルシカ（怒る）、クース（ため）。

＊37 イワンコーソンテ　イワン（六つ）、コソンテ（小袖）。

＊38 エパンナアーッテ　ひらひらさせ。

六枚の小袖に
帯を締《し》め
祖母《そぼ》のつづら
その中から
小さい耳環《みみわ》や
大きい耳環を
耳へ下げ
小さい玉飾《かざ》り

*39 アウコエクッコロ　アウコ(一緒に)、エ(それ)、クッ(帯)、コロ(持つ)。
*40 アサナサーンケ　ア(それ)、サナ(前)、サンケ(出し)。火の神は、平安時代の宮中の女子礼装である十二単衣的に小袖を着ていて、六枚の小袖に

アペメルコヤンコヤンマッアテヤテンナ
イワン・コーソンテ
アウコ・エ・クッ・コロ[*39]
アペメルコヤンコヤンマッアテヤテンナ
スッ・ケトゥーシ
アペメルコヤンコヤンマッアテヤテンナ
ア・サナ・サーンケ[*40]
アペメルコヤンコヤンマッアテヤテンナ
ノカン・ニンカーリ[*41]
アペメルコヤンコヤンマッアテヤテンナ
ルプネ・ニンカーリ[*42]
アペメルコヤンコヤンマッアテヤテンナ
キサラ・プイエチュー[*43]
アペメルコヤンコヤンマッアテヤテンナ
ノカン・タマーサイ[*44]

帯を締め、六枚の小袖の裾をひらひらさせている。この六という数字は、五本の指では数えきれないところから、たくさんの、という意もある。

＊41 ノカンニンカーリ　ノカン（小さい）、ニンカリ（耳環）。ニンカリは女用は小さく男用は大きい。好きな女がいた時は耳環の片方をそっと渡し、いつの日かこれを受け取りに来ますので、それまで待っていてくださいという。男たちの中には時にけんかをして耳環を引っぱられ、耳たぶが切れていた人もいた。

＊42 ルプネニンカーリ　ルプネ（大きい）、ニンカリ（耳環）。

＊43 キサラプイエチュー　キサラ（耳）、プイ（穴）、エ（それ）、チュー（さす、通す）。

＊44 ノカンタマーサイ　ノカン（小さい）、タマ（玉）、サイ（連なり＝女の玉飾り、胸飾り）。

大きい玉飾り
首から下げ
一枚《まい》の布地《ぬのじ》を
頭に結んで
走りの下駄《げた》を
足に履《は》き
外へ出た
石の上で

アペメルコヤンコヤンマッアテヤテンナ
ルプネ・タマーサイ
アペメルコヤンコヤンマッアテヤテンナ
ア*45・レクッ・エオーッテ
アペメルコヤンコヤンマッアテヤテンナ
エ*46アㇻ・センカキ
アペメルコヤンコヤンマッアテヤテンナ
ア*47・エオアㇻ・ムーイェ
アペメルコヤンコヤンマッアテヤテンナ
パ*48シ・ピラッカ
アペメルコヤンコヤンマッアテヤテンナ
ア*49・ウレ・ウイルケ
アペメルコヤンコヤンマッアテヤテンナ
ア・キ・ソーイェネ
アペメルコヤンコヤンマッアテヤテンナ
スマ・カータ

*45 アレクッエオーッテ　ア（わたし）、レクッ（首）、エオコッテ（掛ける）。

*46 エアㇻセンカキ　エアㇻ（単衣）、センカキ（布地）。

*47 アエオアㇻムーイェ　ア（わたし）、オアㇻ（まったく）、ムイェ（結び）。単衣の布地（幅三〇センチ、長さ一メートルほどの黒い布）を一結びに。

*48 パシピラッカ　パシ（走り）、ピラッカ（下駄）。ユカㇻに出てくるパシピラッカの歯は鋭利な刃になっていて、それが武器になることもある。名前が走りの下駄なので、これを足にすると速く走れるということであろう。

*49 アウレウイルケ　ア（わたし）、ウレ（足）、ウイルケ（入れる）。

つるんと滑《す》べる
水の女神《めがみ》の所へ
わたし[*50]は向かっていった
大きい淵《ふち》
淵の上に
神の住居《じゅうきょ》が
建っていた
その外へ

＊50　わたし＝火の女神。夫の同棲の相手の水の女神に会うために。

アペメルコヤンコヤンマッアテヤテンナ
ルッルッケ・マッ
アペメルコヤンコヤンマッアテヤテンナ
ア・コ・チョラウキ*51
アペメルコヤンコヤンマッアテヤテンナ
ウキヤ・ヒーケ
アペメルコヤンコヤンマッアテヤテンナ
シ・ポロ・ハッタラ*52
アペメルコヤンコヤンマッアテヤテンナ
ハッタラ・カタ
アペメルコヤンコヤンマッアテヤテンナ
カムイ・カッ・チャシ*53
アペメルコヤンコヤンマッアテヤテンナ
アシ・ルコンナ*54
アペメルコヤンコヤンマッアテヤテンナ
キー・ソイケー・タ*55

*51 アコチョラウキ　ア（わたし）、コ（それ）、チョラウキ（向かっていく、けんかをしにいく）。
*52 シポロハッタラ　シ（まったく）、ポロ（大きい）、ハッタラ（淵）。
*53 カムイカッチャシ　カムイ（神）、カラ（造る）、チャシ（住居）。しゃべる時は、カムイカッチャシと聞こえる。神の住居はチセといわずにチャシという。
*54 アシルコンナ　アシ（建つ）、ルウエ（様子）、コンナ（が）。
*55 キーソイケータ　キー（する）、ソイケー（外）、タ（に）。

行ったけれど
窓《まど》の所も
戸の所も
まったくわからない
そのうちに家の中から
針《はり》の穴《あな》ほどの
光が見え
戸の所が

アペメルコヤンコヤンマッアテヤテンナ
*56ウアㇻパ・アーン・ナ
アペメルコヤンコヤンマッアテヤテンナ
*57プヤㇻ・オ・クーニ
アペメルコヤンコヤンマッアテヤテンナ
*58アパ・オ・クーニ
アペメルコヤンコヤンマッアテヤテンナ
*59アネラムペウテッ
アペメルコヤンコヤンマッアテヤテンナ
ウキー・アイネ
アペメルコヤンコヤンマッアテヤテンナ
*60ケム・プイ・パーㇰノ
アペメルコヤンコヤンマッアテヤテンナ
*61ヒナコローホ
アペメルコヤンコヤンマッアテヤテンナ
アパ・ネ・ウーシ

*56 ウアㇻパアーンナ　ウアㇻパ（行く）、アーン（ある）、ナ（よ）。
*57 プヤㇻオクーニ　プヤㇻ（窓）、オ（入る）、クーニ（である）。窓のある所が。
*58 アパオクーニ　アパ（戸）、オ（入る）、クーニ（である）。戸のある所が。
*59 アネラムペウテッ　ア（わたし）、ネ（それ）、ラム（思い）、ペウテッ（もつれる）。わたしには窓や戸のある所がまったくわからない。
*60 ケムプイパーㇰノ　ケム（針）、プイ（穴、針の穴、わずかな小さい穴）、パㇰノ（ほどの）。窓の所も戸の所もわからなかったが、針ほどの穴のすき間が見えた、という意。
*61 ヒナコローホ　どこか。

あるのが見えた
それを引き開け
家の中へ
わたしは入っていった
家の中は
金の座敷《ざしき》
家の内側
まばゆいほどに

＊62 アネラムーアン ア（それ）、ネ（なる）、ラムアン（覚えた）。
＊63 アシコエータイェ ア（わたし）、

アペメルコヤンコヤンマッアテヤテンナ
アネ・ラムーアン[*62]
アペメルコヤンコヤンマッアテヤテンナ
ア・シ・コ・エータイェ[*63]
アペメルコヤンコヤンマッアテヤテンナ
チセ・オーンナイ[*64]
アペメルコヤンコヤンマッアテヤテンナ
アノ・シー・ライェ[*65]
アペメルコヤンコヤンマッアテヤテンナ
チセ・オンナーイ
アペメルコヤンコヤンマッアテヤテンナ
エカネ・ソ・オンネ[*66]
アペメルコヤンコヤンマッアテヤテンナ
ウチセ・オーンナイ
アペメルコヤンコヤンマッアテヤテンナ
ウミケ・カーネ[*67]

シ（自らの方へ）、コ（それ）、エタイェ（引っぱる）。
＊64 チセオーンナイ　チセ（家）、オンナイ（内側）。
＊65 アノシーライェ　アノ（わたし＝火の女神）、シ（自ら）、ライェ（寄る）。
＊66 エカネソオンネ　エ（それ）、カネ（金）、ソ（座）、オロ（所）、ネ（なる）。金を、コンカネ（黄金）と考えて、銀をシロカネ（白銀）といっていた。アイヌの金銀に対する関心は、貨幣の大判とか粒銀の類ではなく、イコロ（宝刀）などの鞘の造りに、金をはめこんであるか銀をはめこんであるかにあった。その金の色は、クナウペトゥムワ
　アプスアペコロアン　カムイイコロ（フクジュソウの花の滴の中から掘り出したような神の宝）などと表現される。
＊67 ウミケカーネ　ウミケ（まばゆい）、カーネ（して）。

光りかがやき
わたしの夫
悪い男
宝壇《ほうだん》を背《せ》に
寄《よ》りかかって
まぶたの皮を
重ねるように
座《すわ》っている

＊68 クルコッカーネ　クルコッ（光りかがやき）、カーネ（して）。

アペメルコヤンコヤンマッアテヤテンナ

[*68]クルコッカーネ

アペメルコヤンコヤンマッアテヤテンナ

[*69]ア・ウェン・ホクーフ

アペメルコヤンコヤンマッアテヤテンナ

ア・アンテ・ホーク

アペメルコヤンコヤンマッアテヤテンナ

[*70]イヨ・イキーリ

アペメルコヤンコヤンマッアテヤテンナ

[*71]シコパシテー・ワ

アペメルコヤンコヤンマッアテヤテンナ

[*72]シッ・カプ・カー・タ

アペメルコヤンコヤンマッアテヤテンナ

[*73]チャルターサーレ

アペメルコヤンコヤンマッアテヤテンナ

[*74]ウアン・ロッ・ヒーケ

＊69 アウェンホクーフ　ア（わたし）、ウェン（悪い）、ホク（夫）、フ（が）。

＊70 イヨイキーリ　イヨ（入っている）、イキーリ（列）。イヨイキリは、家の中の東側に漆塗りの行器《ほかい》などを並べてあるのをいう。いっぱい入った行器の列、宝壇。

＊71 シコパシテーワ　シ（自ら）、コパシテ（寄りかかって）、ワ（する）。

＊72 シッカプカータ　シッ（目）、カプ（皮）、カ（上）、タ（に）。火の女神の夫はフクロウ神なので、日中はじっと目を閉じている。

＊73 チャルターサーレ　チ（それ）、アラ（まったく）、タサ（交互する）、レ（さす）。

＊74 ウアンロッヒーケ　ウ（語呂合わせのための語）、アン（いた）、ロッ（して）、ヒーケ（ので）。夫はまぶたを重ねるように、じっと目を閉じて座っている。

石の上で
つるんと滑《すべ》る
その女へ向かっていき
その髪《かみ》を
ぐっと引っぱる
そうすると
最初のうち
水の女神《めがみ》がいうことには

アペメルコヤンコヤンマッアテヤテンナ
スマ・カータ
アペメルコヤンコヤンマッアテヤテンナ
ルッルッケマッ
アペメルコヤンコヤンマッアテヤテンナ
ア[*75]・コ・ソ・トゥラーシ
アペメルコヤンコヤンマッアテヤテンナ
カムイ[*76]・オトーピ
アペメルコヤンコヤンマッアテヤテンナ
ア[*77]・シコ・エタイェ
アペメルコヤンコヤンマッアテヤテンナ
キワ・ネチーキ
アペメルコヤンコヤンマッアテヤテンナ
ア[*78]ッパケタ・アーナッ
アペメルコヤンコヤンマッアテヤテンナ
シ・パセ・カムイ

＊75　アコソトゥラーシ　ア（わたし）、コ（それ）、ソ（座）、トゥラシ（たどる）。わたし（火の女神）は、わたしの夫を寝取った水の女神へ向かっていった。
＊76　カムイオトーピ　カムイ（神）、オトピ（髪）。わたし（火の女神）は水の女神の髪の毛を（ぐっとつかんで）。
＊77　アシコエタイェ　ア（わたし）、シ（自ら）、コ（それ）、エタイェ（引っぱった）。
＊78　アッパケタアーナッ　アッパケタ（最初に）、アナッ（は）。わたし（火の女神）が水の女神の髪を引っぱると、最初のうちは悪かった、許してくれといっていたが。

位の高い神火の女神よ
償《つぐな》い物を
出しますので
私を許《ゆる》して
くださいと
いったけれど
その声を
わたしはまったく聞こえず

アペメルコヤンコヤンマッアテヤテンナ
カムイモイレマッ
アペメルコヤンコヤンマッアテヤテンナ
アイコ・ヤシンケ[*79]
アペメルコヤンコヤンマッアテヤテンナ
クシ・ネーナ
アペメルコヤンコヤンマッアテヤテンナ
イ・シッテッ・カワ[*80]
アペメルコヤンコヤンマッアテヤテンナ
イ・コレ・セーコロ
アペメルコヤンコヤンマッアテヤテンナ
ハウェアン・ヤッカ
アペメルコヤンコヤンマッアテヤテンナ
ア・ヌ・フミーカ[*81]
アペメルコヤンコヤンマッアテヤテンナ
オアㇻ・イーサム[*82]

＊79 アイコヤシンケ　アイ（私）、コ（それ）、アシンケ（償い物を出す、賠償を出す）。アシンケというと償い物を出す用意がある、という意になる。アシンペというと償い物、賠償品そのものの意になる。したがって、アシンケとアシンペを使い分けなければならない。

＊80 イシッテッカワ　イ（私）、シッテッ（がまん）、カ（して）、ワ（する）。がまんして私（水の女神）を許してほしいものだ。

＊81 アヌフミーカ　ア（わたし）、ヌ（聞こえる）、フミ（音）、カ（も）。

＊82 オアㇻイーサム　オアㇻ（まったく）、イサム（ない）。水の女神がおわびをいっているが、夢中になってけんかをしているので、わたし（火の女神）の耳にはまったく聞こえない。

そのうちに
石の上で
つるつる滑《すべ》る
水の女神も
だんだんと
顔の表に
怒《いか》りを表し
水の女神《めがみ》とわたしは本気になり

アペメルコヤンコヤンマッアテヤテンナ
シリキ・アーイネ
アペメルコヤンコヤンマッアテヤテンナ
スマ・カタル
アペメルコヤンコヤンマッアテヤテンナ
ルッルッケー・マッ
アペメルコヤンコヤンマッアテヤテンナ
ネワ・ネヤㇰカ
アペメルコヤンコヤンマッアテヤテンナ
コロ・ウェン・プリ[*83]
アペメルコヤンコヤンマッアテヤテンナ
エ・ナン・トゥイカーン[*84]
アペメルコヤンコヤンマッアテヤテンナ
チ・プニ・ターラ[*85]
アペメルコヤンコヤンマッアテヤテンナ
イキ・オㇿワーノ[*86]

＊83 コロウェンプリ　コロ（持つ）、ウェン（悪い）、プリ（行状、しぐさ）。
＊84 エナントゥイカーシ　エ（それ）、ナン（顔）、トゥイカシ（上）。語意を強める時に「トゥイカシトゥイ」という語がつけられることがある。
＊85 チプニターラ　チ（それ）、プニ（起こす）、ターラ（する）。怒り心頭に発し、顔の表の筋が盛り上がること。
＊86 イキオロワーノ　イキ（する）、オロワーノ（それから）。

石の上に
つるつる滑る
水の女神と
取っ組み合いの
けんかをして
いるうちに
今はもう
石の上に

アペメルコヤンコヤンㇺッアテヤテンナ

スマ・カータ

アペメルコヤンコヤンㇺッアテヤテンナ

ルッルッケー・マッ

アペメルコヤンコヤンㇺッアテヤテンナ

トゥラノ・ネーシ

アペメルコヤンコヤンㇺッアテヤテンナ

ア[*87]ルコテレケ

アペメルコヤンコヤンㇺッアテヤテンナ

ア・キー・カーネ

アペメルコヤンコヤンㇺッアテヤテンナ

シリキ・アーイネ

アペメルコヤンコヤンㇺッアテヤテンナ

タ[*88]ネアナーㇰネ

アペメルコヤンコヤンㇺッアテヤテンナ

スマ・カータ

＊87 アルコテレケ　アㇻ（まったく）、ウ（互い）、テレケ（飛ぶ）。取っ組み合いのけんか。

＊88 タネアナーㇰネ　タネ（今）、アナㇰネ（もう、すでに）。

つるつる滑る
水の女神《めがみ》も
疲《つか》れの顔色
顔の芯《しん》に
表れた
火の女神である
わたしも
同じように

アペメルコヤンコヤンマッアテヤテンナ
ルッルッケー・マッ
アペメルコヤンコヤンマッアテヤテンナ
ネワ・ネヤーッカ*89
アペメルコヤンコヤンマッアテヤテンナ
シンキ・イーポロ*90
アペメルコヤンコヤンマッアテヤテンナ
エイポㇰ・トゥム・ワ*91
アペメルコヤンコヤンマッアテヤテンナ
シンナ・カーネ*92
アペメルコヤンコヤンマッアテヤテンナ
アシヌマー・カ*93
アペメルコヤンコヤンマッアテヤテンナ
ネイノ・カーネ
アペメルコヤンコヤンマッアテヤテンナ
ウアン・キーナ

*89 ネワネヤーッカ　ネ（なる）、ワ（して）、ヤッカ（も）。
*90 シンキイーポロ　シンキ（疲れ）、イポロ（顔色）。
*91 エイポㇰトゥムワ　エ（それ）、イポロ（顔色）、トム（芯）、ワ（それ）。
*92 シンナカーネ　シンナ（別）、カーネ（で）。
*93 アシヌマーカ　ア（わたし）、シヌマ（本人）、カ（も）。

疲れてきた
石の上に
滑《すべ》る女神が
いうことには
私[*94]も
位の高い
水の女神《めがみ》
あなたも同じ

＊94 ここからは水の女神の語りになる。

アペメルコヤンコヤンマッアテヤテンナ

ウキ・アクース

アペメルコヤンコヤンマッアテヤテンナ

スマ・カータ

アペメルコヤンコヤンマッアテヤテンナ

ルッルッケー・マッ

アペメルコヤンコヤンマッアテヤテンナ

エネ・イター・キ

アペメルコヤンコヤンマッアテヤテンナ

アシヌマー・カ

アペメルコヤンコヤンマッアテヤテンナ

シ・パセ・カームイ

アペメルコヤンコヤンマッアテヤテンナ

イパンネ・ナーンコロ

アペメルコヤンコヤンマッアテヤテンナ

カムイモイレマッ[*95]

*95 カムイモイレマッ　火の女神（アペフチカムイ）の別名。

位の高い
火の女神
神である
二人の神が
このようにして
一緒《いっしょ》に死んで
しまったら
神の国や

アペメルコヤンコヤンマッアテヤテンナ
ネワネヤーッカ
アペメルコヤンコヤンマッアテヤテンナ
[*96]シ・パセ・カームイ
アペメルコヤンコヤンマッアテヤテンナ
[*97]ウネ・ナンコロナ
アペメルコヤンコヤンマッアテヤテンナ
[*98]ウタㇱパ・ネーノ
アペメルコヤンコヤンマッアテヤテンナ
[*99]イキ・アン・キーワ
アペメルコヤンコヤンマッアテヤテンナ
[*100]ウウェ・コッ・アン・ヤクン
アペメルコヤンコヤンマッアテヤテンナ
[*101]カムイ・モシッタ
アペメルコヤンコヤンマッアテヤテンナ
[*102]リクン・モシッタ

＊96 シパセカームイ　シ（本当に）、パセ（重い）、カムイ（神）。位の高い神。
＊97 ウネナンコロナ　ウ（互い）、ネ（なる）、ナンコロナ（であろうに）。
＊98 ウタㇱパネーノ　ウタㇱパ（互いに）、ネーノ（このように）。お互いにこのように。
＊99 イキアンキーワ　イキ（する）、アン（ある）、キーワ（して）。
＊100 ウウェコッアンヤクン　ウウェコッ（互いに死ぬ）、アン（ある）、ヤクン（ならば）。けんかをして二人とも死んでしまったら。
＊101 カムイモシッタ　カムイ（神）、モシリ（国土）、タ（に）。
＊102 リクンモシッタ　リクン（上）、モシリ（国土）、タ（に）。

人間国土に
水もなくなり
火もなくなる
アイヌの国土も
同じように
火も水も
なくなったら
私たち二人の神は

アペメルコヤンコヤンマッアテヤテンナ
ネ[*103]ワ・ネヤーッカ
アペメルコヤンコヤンマッアテヤテンナ
ワ[*104]ッカ・カ・イーサム
アペメルコヤンコヤンマッアテヤテンナ
ア[*105]ペ・カ・イーサム
アペメルコヤンコヤンマッアテヤテンナ
ア[*106]イヌ・モシリ・カータ
アペメルコヤンコヤンマッアテヤテンナ
ネワ・ネヤーッカ
アペメルコヤンコヤンマッアテヤテンナ
ネノ・ネ・ヤークン
アペメルコヤンコヤンマッアテヤテンナ
ウ[*107]ネノ・カームイ
アペメルコヤンコヤンマッアテヤテンナ
ア[*108]オカ・ネーワ

＊103　ネワネヤーッカ　ネワ（なる）、ネヤッカ（も）。
＊104　ワッカカイーサム　ワッカ（水）、カ（も）、イサム（ない）。ここでこのまま火の女神と水の女神がけんかを続けて、水の女神が死んでしまったら、神の国で水がなくなる。
＊105　アペカイーサム　アペ（火）、カ（も）、イサム（ない）。
＊106　アイヌモシリカータ　アイヌ（人間）、モシリ（国土）、カ（上）、タ（に）。
＊107　ウネノカームイ　ウネノ（同じ）、カムイ（神）。
＊108　アオカネーワ　アオカ（私たち）、ネーワ（で）。

別の神から
罰《ばつ》を受ける
がまんをして
許《ゆる》してほしい
その話を
わたしは聞き
よく考えて
みてみると

アペメルコヤンコヤンㇰッアテヤテンナ

アイ・ウェン・パカシヌ[*109]

アペメルコヤンコヤンㇰッアテヤテンナ

キ・ナンコーンナ

アペメルコヤンコヤンㇰッアテヤテンナ

チ・シッテカーワ[*110]

アペメルコヤンコヤンㇰッアテヤテンナ

イ・コロパレー・ヤン[*111]

アペメルコヤンコヤンㇰッアテヤテンナ

ハワシ・ヒーケ

アペメルコヤンコヤンㇰッアテヤテンナ

ヤイ・コ・トゥイーマ[*112]

アペメルコヤンコヤンㇰッアテヤテンナ

シ・ラム・スイェ・ワ[*113]

アペメルコヤンコヤンㇰッアテヤテンナ

イ・ヌ・アニーケ

＊109 アイウェンパカシヌ　アイ（私たち）、ウェン（悪い）、パカシヌ（罰）。ここで二人が死に、神の国でもアイヌの国でも、火と水がなくなったとしたら、別の神々から私たちは罰を受けることになるので、やめよう。

＊110 チシッテカーワ　チ（私）、シッテッカ（がまんして）、ワ（して）。

＊111 イコロパレーヤン　イ（私）、コロパレ（くれる）、ヤン（なさい）。

＊112 ヤイコトゥイーマ　ヤイ（自身）、コ（それ）、トゥイマ（遠く）。わたし＝火の女神。

＊113 シラムスイェワ　シ（自ら）、ラム（思い）、スイェ（振る）、ワ（して）。ずうっと遠い所のことを考えた。これから先々のことを考えてみた。

本当だと
わたしは思い
石の上で
滑《すべ》る女神《めがみ》の
髪《かみ》の毛を
わたしは離《はな》し
許《ゆる》してやった
そのあとで

アペメルコヤンコヤンマッアテヤテンナ

オハイネ・カーネ[*114]

アペメルコヤンコヤンマッアテヤテンナ

ヤイヌ・アン・クース[*115]

アペメルコヤンコヤンマッアテヤテンナ

スマ・カータ

アペメルコヤンコヤンマッアテヤテンナ

ルッルッケー・マッ

アペメルコヤンコヤンマッアテヤテンナ

カムイ・オトーピ[*116]

アペメルコヤンコヤンマッアテヤテンナ

ア・オピーチ[*117]

アペメルコヤンコヤンマッアテヤテンナ

ルウェ・ネ・アーワ

アペメルコヤンコヤンマッアテヤテンナ

オロワー・ウン

＊114 オハイネカーネ　オハイネ（本当）、カーネ（そうだ）。そうだそうだと火の女神は思った。

＊115 ヤイヌアンクース　ヤイヌ（思う）、アン（ある）、クース（ため）。

＊116 カムイオトーピ　カムイ（神）、オトーピ（髪）。

＊117 アオピーチ　ア（わたし）、オピチ（離した）。

わたしの夫が
いうことは
火[*118]の女神《めがみ》
私の妻《つま》
私を許《ゆる》して
くださるなら
双方《そうほう》へ償《つぐな》い物を
出しましょう

*118 ここから火の女神の夫が語る。

アペメルコヤンコヤンマッアテヤテンナ
ア[*119]・アンテ・ホーク
アペメルコヤンコヤンマッアテヤテンナ
エネ・イターキ
アペメルコヤンコヤンマッアテヤテンナ
カムイモイレマッ
アペメルコヤンコヤンマッアテヤテンナ
ア[*120]・アンテ・マーチ
アペメルコヤンコヤンマッアテヤテンナ
ヤ[*121]イ・トモイタック・ワ
アペメルコヤンコヤンマッアテヤテンナ
イ[*122]・コレ・ヤッネ
アペメルコヤンコヤンマッアテヤテンナ
ウ[*123]ウェコホピ
アペメルコヤンコヤンマッアテヤテンナ
ア[*124]イチ・コヤシンケ

＊119 アアンテホーク　ア（わたし＝火の女神）、アンテ（置く）、ホク（夫＝フクロウ）。

＊120 アアンテマーチ　ア（私）、アンテ（置く）、マーチ（妻）。私の妻よ。

＊121 ヤイトモイタックワ　ヤイ（自身）、トモ（に）、イタック（いう）、ワ（して）。自分自身にものをいう。

＊122 イコレヤッネ　イ（私）、コレ（くれる）、ヤッネ（ならば）。

＊123 ウウェコホピ　双方へ。火の女神と水の女神へ。

＊124 アイチコヤシンケ　アイ（あなたたち）、チ（私）、コヤシンケ（償い）。償い物を出す。

誘惑《ゆうわく》した私が悪い
石の上に
滑《すべ》る女神も
このように
私のために
迷《まよ》ってしまった
そのように
わたしの夫が

アペメルコヤンコヤンマッアテヤテンナ
アシヌマ・ウェナンワ[125]
アペメルコヤンコヤンマッアテヤテンナ
スマ・カータ
アペメルコヤンコヤンマッアテヤテンナ
ルッルッケ・マッ
アペメルコヤンコヤンマッアテヤテンナ
ネワ・ネヤーッカ
アペメルコヤンコヤンマッアテヤテンナ
ワイル・カートゥ[126]
アペメルコヤンコヤンマッアテヤテンナ
ネヒ・タパーンナ
アペメルコヤンコヤンマッアテヤテンナ
アリノ・カーネ[127]
アペメルコヤンコヤンマッアテヤテンナ
ハウェアン・キーナ[128]

＊125 アシヌマウェナンワ　アシヌマ（私）、ウェン（悪い）、アン（ある）、ワ（で）。
＊126 ワイルカートゥ　ワイル（過ち、まちがい）、カトゥ（様子）。
＊127 アリノカーネ　アリノ（と）、カーネ（ように）。ここから火の女神が語る。
＊128 ハウェアンキーナ　ハウェアン（いう）、キナ（する）。

わたしにわびた
それを聞いて
わたし一人で
自分の家へ
帰ってきた
あとから来た
わたしの夫
自分の宝《たから》を

アペメルコヤンコヤンマッアテヤテンナ
クス・オーラ[*129]
アペメルコヤンコヤンマッアテヤテンナ
ア・ウン・チセー・タ[*130]
アペメルコヤンコヤンマッアテヤテンナ
エカン・キーワ[*131]
アペメルコヤンコヤンマッアテヤテンナ
アナン・キーナ[*132]
アペメルコヤンコヤンマッアテヤテンナ
ア・アンテ・ホーク[*133]
アペメルコヤンコヤンマッアテヤテンナ
イヨシ・エーッワ[*134]
アペメルコヤンコヤンマッアテヤテンナ
イコリーヒ[*135]
アペメルコヤンコヤンマッアテヤテンナ
イ・コヤシーンケ[*136]

＊129 クスオーラ　クス（ため）、オーラ（そして）。
＊130 アウンチセータ　ア（わたし）、ウン（住む）、チセ（家）、タ（に）。
＊131 エカンキーワ　エク（来る）、キーワ（して）。
＊132 アナンキーナ　アン（いる）、キーナ（した）。夫が火の女神であるわたしにも、水の女神であるあの女へもわびたので、わたしは自分の家へ帰ってきた。
＊133 アアンテホーク　ア（わたし）、アンテ（置く）、ホク（夫）。
＊134 イヨシエーッワ　イ（わたし）、オシ（後）、エッ（来て）、ワ（して）。
＊135 イコリーヒ　イコロ（宝）、ヒ（を）。造りが金銀造りの宝刀。
＊136 イコヤシーンケ　イ（わたし）、コ（に）、アシンケ（償い物）。

償《つぐな》い物に
わたしにくれた
あとから来た
石の上に
滑《すべ》る女神《めがみ》も
わたしに償《つぐな》い物を
出してくれた
それからは

アペメルコヤンコヤンマッアテヤテンナ
イ・コ・ヘポーキ[*137]
アペメルコヤンコヤンマッアテヤテンナ
ネ・オカケータ[*138]
アペメルコヤンコヤンマッアテヤテンナ
スマ・カータ
アペメルコヤンコヤンマッアテヤテンナ
ルッルッケ・マッ
アペメルコヤンコヤンマッアテヤテンナ
ネワネヤーッカ
アペメルコヤンコヤンマッアテヤテンナ
イ・コ・ヤシンケ・クス
アペメルコヤンコヤンマッアテヤテンナ
エッ・ヒ・オーラ
アペメルコヤンコヤンマッアテヤテンナ
オロワ・アナーッネ[*139]

＊137 イコヘポーキ　イ（わたし）、コ（それ）、ヘポキ（頭を下げる）。
＊138 ネオカケータ　ネ（その）、オカケ（後）、タ（に）。
＊139 オロワアナーッネ　オロワ（それから）、アナッネ（は）。

石の上に
滑る女神も
一緒《いっしょ》に暮《く》らした
あれほどに
けんかをした
二人であったが
一人の夫を
間にして

アペメルコヤンコヤンマッアテヤテンナ
スマ・カータ
アペメルコヤンコヤンマッアテヤテンナ
ルッルッケー・マッ
アペメルコヤンコヤンマッアテヤテンナ
トゥラノ・ネーシ[*140]
アペメルコヤンコヤンマッアテヤテンナ
エネ・ウコイキ・プ[*141]
アペメルコヤンコヤンマッアテヤテンナ
ア・ネ・アコローカ[*142]
アペメルコヤンコヤンマッアテヤテンナ
ウトクイェコロ・アン[*143]
アペメルコヤンコヤンマッアテヤテンナ
ウウェカタイロッケ[*144]
アペメルコヤンコヤンマッアテヤテンナ
アシヌマー・カ

＊140 トゥラノネーシ　トゥラノ（一緒）、ネーシ（に）。
＊141 エネウコイキプ　エネ（あれほど）、ウ（互い）、コイキ（いじめ）、プ（者）。あれほどけんかした者であったが。
＊142 アネアコローカ　ア（わたし）、ネ（なる）、アコロカ（であったが）。
＊143 ウトクイェコロアン　ウ（互い）、トクイェコロ（仲よし）、アン（ある）。二人はすっかり仲よしになった。
＊144 ウウェカタイロッケ　仲よし。

わたしも
二、三人の
子どもを産み
石の上で
滑《すべ》る女神《めがみ》も
二、三人の[145]
子どもを産み
そうなってから

*145 わたしたち、火の女神と水の女神は夫であるフクロウ神との間に二、三人ずつ子どもを産んだ。わたし（火の女神）が本妻になり、水の女神はめかけになって暮らした。
　カムイユカㇻや昔話には一夫多妻の風習といえるほどではないが、しばしば若い女性がめかけになる場面や、本妻と一緒に暮らす場面が出てくる。しかし、現実の生活では、私が物心ついてから五十五年の間に、本妻とめかけを持ったアイヌ男性は五人しか見ていない。十年に一組。しかも、行きがかり上、やむを得ずというのばかりであり、本書のカムイユカㇻや昔話の世界のようには、現実はそう簡単なものではなかったと思う。

アペメルコヤンコヤンマッアテヤテンナ
オ[146]・トゥポ・レー・ポ
アペメルコヤンコヤンマッアテヤテンナ
ア[147]・コロ・キーナ
アペメルコヤンコヤンマッアテヤテンナ
スマ・カータ
アペメルコヤンコヤンマッアテヤテンナ
ルッルッケー・マッ
アペメルコヤンコヤンマッアテヤテンナ
ネ[148]ワ・ネヤーッカ
アペメルコヤンコヤンマッアテヤテンナ
オトゥ・ポ・レー・ポ
アペメルコヤンコヤンマッアテヤテンナ
コン・ルウェー・ネ
アペメルコヤンコヤンマッアテヤテンナ
パクノ・ネーコロ

＊146 オトゥポレーポ　オ（それ）、トゥプ（二つ）、ポ（子ども）、レプ（三つ）、ポ（子ども）。わたしも二、三人の子どもが。
＊147 アコロキーナ　ア（わたし）、コロ（持つ）、キーナ（した）。わたしも二、三人の子どもが生まれた、となる。
＊148 ネワネヤーッカ　ネワ（なる）、ネヤーッカ（も）。

わたしの夫
アイヌの国土で
役目を終え
天の国へ
帰るので
わたしも一緒《いっしょ》に
帰ろうと
石の上で

アペメルコヤンコヤンマッアテヤテンナ
ア・アンテ・ホーク
アペメルコヤンコヤンマッアテヤテンナ
シ[*149]・カムイ・モーシㇼ
アペメルコヤンコヤンマッアテヤテンナ
オ[*150]・リキン・キーナ
アペメルコヤンコヤンマッアテヤテンナ
エ[*151]・イリㇰパㇰノ
アペメルコヤンコヤンマッアテヤテンナ
シ・カムイ・モーシㇼ
アペメルコヤンコヤンマッアテヤテンナ
ア[*152]・オ・リキン・ナンコロ
アペメルコヤンコヤンマッアテヤテンナ
スマ・カータ
アペメルコヤンコヤンマッアテヤテンナ
ルッルッケー・マッ

＊149　シカムイモーシㇼ　シ（本当）、カムイ（神）、モシリ（国土）。カムイユカラはゆったりとのばすので、モーシㇼとかネヤーッカなどと「ー」の記号が入るが、普通の時はモシリ、ネヤッカになる。
＊150　オリキンキーナ　オ（それ）、リキン（上がる）、キーナ（した）。
＊151　エイリㇰパㇰノ　エ（それ）、イリㇰパㇰノ（一緒に）。
＊152　アオリキンナンコロ　ア（それ）、オ（それ）、リキン（上がる）、ナンコロ（であろう）。

滑《すべ》る水の女《め》神《がみ》も
一緒に誘《さそ》い
天の国へ
帰ることに
なりました
わたしたちが帰ったあと
わたしたちがしたように
兄弟仲《なか》よく

アペメルコヤンコヤンマッアテヤテンナ
ネ・ワ・ネヤーッカ
アペメルコヤンコヤンマッアテヤテンナ
トゥラノ・カイーキ[153]
アペメルコヤンコヤンマッアテヤテンナ
シ・カムイ・モーシリ
アペメルコヤンコヤンマッアテヤテンナ
ア・オ・リキン・シーリ
アペメルコヤンコヤンマッアテヤテンナ
ネワネヤッネ
アペメルコヤンコヤンマッアテヤテンナ
ア・ポ・ウターリ
アペメルコヤンコヤンマッアテヤテンナ
エネ・イキ・アン・ヒネナ[154]
アペメルコヤンコヤンマッアテヤテンナ
ウタシパパクノ[155]

＊153　トゥラノカイーキ　トゥラノ（一緒に）、カイキ（に）。
＊154　エネイキアンヒネナ　エネ（そう）、イキ（する）、アン（ある）、ヒネナ（だから）。
＊155　ウタシパパクノ　ウタシパ（互いに）、パクノ（同じに）。

相助け合い

アイヌの国土を

守りなさいと

子どもたちに
いい遺《のこ》して
火の女神《めがみ》
神の女が
神の国へ
帰りましたと

アペメルコヤンコヤンマッアテヤテンナ
イテキ・ウコイキ
アペメルコヤンコヤンマッアテヤテンナ
ア[*156]イヌ・コータン
アペメルコヤンコヤンマッアテヤテンナ
エ[*157]チ・エプンキーネ・プ
アペメルコヤンコヤンマッアテヤテンナ
ネ[*158]・ルウェ・ネーナ
セコロカーネ
ア[*159]ペフーチ
カムイ・メノーコ
ハウェ・アーン
セコロ・ネ・アワ

＊156　アイヌコータン　アイヌ（人間）、コタン（村）。
＊157　エチエプンキーネプ　エチ（お前たち）、エプンキネ（守る）。
＊158　ネルウェネーナ　ネ（なる）、ルウェ（様子）、ネナ（だ）。ここでサケへは終わり、語り口調になる。
＊159　アペフーチ　アペ（火）、フチ（おばあさん）。フーチとのばすのは語呂合わせのため。神の国へ帰っても、人間の国に暮らしていたのとまったく同じ生活をする。

語り手　平取《びらとり》町貫気別《ぬきべつ》
木村こぬまたん
（昭和37年10月4日採録）

解説

　このカムイユカㇻ(神謡《しんよう》)の場合は珍《めずら》しくサケへが長いのが特徴《とくちょう》です。「アペメルコヤンコヤンマッ　アテヤテンナ」といっては、一言だけ本文が入り、またサケへを繰《く》り返します。サケへにはたいていの場合意味がないのが普通《ふつう》ですが、この作品には主人公の火の神にふさわしく、意味があります。アペ(火)、メル(光)、コヤンコヤンマッ(そこへ上がる妻《つま》)、アテヤテンナだけは意味がありません。水の神のことを石の上でつるんと滑《すべ》る神と表現《ひょうげん》しているのは、なんとなくわかるような気がします。

　この作品は、神々同士でも誘惑《ゆうわく》や嫉妬《しっと》があるという人間臭《くさ》さが、とても大らかでいい話です。そして、火の女神《めがみ》、水の女神の夫は、フクロウ神だろうと思います。なぜかといえば、火の女神が水の女神の家へ行った時に、わたしの夫は宝壇《ほうだん》に寄《よ》りかかって、まぶたを重ねて座《すわ》っていた、とあるからです。フクロウは、昼の間は目を閉《と》じているとアイヌは表現するからです。

　内容《ないよう》も、夫の浮気《うわき》の一回目の知らせは、位の低い神でもあるまいと無視《むし》しますが、二回目で重い腰《こし》を上げ、小さい耳環《みみわ》に大きい耳環、小さい玉飾《かざ》りに大きい玉飾り、と女らしく身支度《みじたく》します。

おしまいには、火も水もこの世になければならない神、と話し合いで仲直《なか》りをするあたりは、めでたし、めでたしということです。それと、カムイユカラは神の方からアイヌへの注文があるとか、神からアイヌへの希望がおりこまれているものが多いものですが、この作品にはそれがなく、ゆっくりした調子《ちょうし》で長いサケへの間へ本文が一言ずつ入り、なんともまあのどかに聞こえるカムイユカラです。それと、アイヌ語で夫のことをホクといいますが、ここではホークとのばします。語呂《ごろ》合わせのためにのばす場合もあり、同じく意味のない「ウ」が入ったり、「イ」が入っている所があります。

■アイヌの民具■トゥキパスイ（捧酒箸《ほうしゅばし》） 神へ祈《いの》る時、人間の願いごとを神に伝えてくれる使者の役目をします。箸の先に杯《さかずき》の酒をつけて神々にお神酒《みき》をあげ、祈ります。材料はヤナギ・イタヤ・エリマキなど。うろこ模様《もよう》の彫《ほ》り方など、作り方にはいろいろ約束《やくそく》ごとがあります。

メノコユカラ・小守歌

許嫁《いいなずけ》のちんちんが

シヌタプカ（大平原）という丘《おか》の上で、わたしはポンヤウンペという兄と、何不自由なく暮《く》らしている一人の娘《むすめ》であった。兄がわたしにいうことには、

「女というもの、娘というもの、いつまでも独《ひと》りでおってはならない。お前の許嫁《いいなずけ》のお方は、イヨチに住んでおられる方で、生まれた時に一枚《まい》の布地《ぬのじ》をお前と半分に分け、それをそれぞれのおむつにして育った方だ。お前も今ではこのように成長して、一人前の娘になった。結婚《けっこん》する相手の所へ行くのが遅《おそ》いと、いろいろな化け物が二人の仲を裂《さ》こうとして、恐《おそ》ろしいものなのだ」

といつものように、育ての兄のポンヤウンペがわたしに言う。

ある日のこと、わたしは自分でししゅうした着物をたくさん包んで、それを背負《せお》い、許嫁のいるイヨチのコタン（村）を目ざして歩きはじめた。

うわさに聞いたイヨチのコタン、それらしい所へたどり着き、よく見るとわたしの許嫁の住居《じゅうきょ》らしい立派《りっぱ》なチャシ（城《しろ》）が目に入った。そのそばへわたしは行って、家の外へ荷物を置き、トントントンと壁《かべ》をたたき、わたしが外まで来ていることを家の中へ音で知らせた。

その音を聞いて、一人の女が出てきた。わたしはその女を見て、心の内で驚《おどろ》いた。わたしこそは美人だと、今が今まで思っていたが、その人を見て、わたしなど物の数

に入らないと、すっかり自信をなくすような美しい女が出てきたのだ。その女がわたしの顔を見ると同時に、「おお妹よ」と言いながら、わたしの手をなで、身内が死んだ時と同じように、声をあげて泣《な》きながら歓迎《かんげい》の涙《なみだ》を流してくれた。

涙でわたしを迎《むか》えたあと、女は片方《かたほう》の手でわたしの荷物、もう片方の手でわたしの手を引っぱるようにして家の中へ入った。わたしは、すぐに炉端《ろばた》へ座《すわ》らせられた。遠《えん》慮《りょ》しながらではあったけれど、家の中に目をはわすと、宝壇《ほうだん》の前に寝床《ねどこ》があり、その寝床の上の人影《ひとかげ》を見て、またもやわたしは驚いた。わたしを育ててくれた兄だけが立派な方であると思い、わたしは暮らしてきたけれど、その兄も足もとにも及《およ》ばないほどで、その人影から発する後光《ごこう》は、東の屋根裏《うら》、西の屋根裏を光々《こうこう》と照らしている。わたしはその若者《わかもの》を見たけれど、若者もわたしの方を見ているらしい。

迎えてくれた姉《あね》上が、おいしい食べ物を煮《に》炊《た》きして、わたしにも食べさせながら、神なのか人なのかわからない、あの若者へもお膳《ぜん》を運んで食べさせた。わたしも同じに食べていた。

このようにして暮らし、どのくらいの月日が流れていったのかわからないほどの、長い月日が過《す》ぎていった。

ある夜のこと、あのお方、神なのか人なのかわからないような立派な方が、わたしの寝床へ来ようとした。

その様子を見てみると、大きいという言葉では表現《ひょうげん》できないような、太くて長いちんちんを、体いっぱいに巻《ま》いたような、見るも恐ろしい姿《すがた》をして、わたしの方へ歩いてくる。それを見たわたしは、大声をあげて泣きわめいた。わたしの声を聞いた若者は、わたしの所へ来るのをやめ、わたしの寝床の手前から、さっと戻《もど》って寝てしまった。それを見たわたしは、足も頭も見えないように自分の着物にくるまって、息を殺して泣いていた。

それからは、神のようなあのお方が、毎晩《まいばん》同じような姿をして、わたしの寝床の手前まで来ては戻った。このような様子では、二人は結婚できないかもしれない。そう思ったわたしは、昼も夜も泣きながら、いっそのこと死んでしまおうと考えていた。


話かわって、イヨチの許嫁の姉の話。

私が育てたイヨチの人、その若者へポンヤウンペの妹である神の女がお嫁《よめ》に来てくれた。けれども、来てしばらくたってから、どうしたというのだろうか、若《わか》い嫁《よめ》は泣《な》いてばかり。その理由がまったくわからず、私はその嫁から目を離《はな》さずに見守っていた。

その嫁の泣き方というものは、ちょっとやそっとの泣き方ではなく、殺されるのか死ぬつもりか、そのような泣き方なので、不思議《ふしぎ》で不思議でならなかった。

ある日のこと、私は水をくみに大きな川へ行き、樽一杯《たるいっぱい》に水をくんで、それを背負《せお》って帰ってきて、ふと窓《まど》から中を見ると、神であるあの嫁が懐刀《ふところがたな》でのどを突《つ》いて、パッタリそこへ倒《たお》れていった。それを見た私の弟、イヨチの人は寝床《ねどこ》からさっと立って、壁《かべ》にかかった刀を下ろし、エイッとばかりにそれを抜《ぬ》き、横座《よこざ》の所へ抜き身を立て、抜き身の上へうつ伏《ぶ》せに、さっと倒れていった。弟の背中の後ろに、刀の切っ先がギラッと光って見えている。私は「ウォーイ」とばかり、危急《ききゅう》の叫《さけ》び声をあげた。それを聞いた私の兄が、コタンの上端にある自分の家から一足《いっそく》飛びに飛んできて、わが弟の体を貫《つらぬ》いた刀を力を入れて引きぬいた。そして、神であるあの嫁ののどに刺《さ》さった懐刀も一気に引きぬいた。

コタンの上端にいる私の兄は、抜いた刀の刃《は》を見て、

「刀の刃に血糊《ちのり》がついている。このような時には、自殺者の命は必ずとり止められる。さあ急いで手当をしよう」

と言いました。私は嫁の方に、兄は弟の方に、フッサフッサと言いながら息を吹《ふ》きかけ、声は低いが力強く、二度三度と息を吹きかけた。そうしながら私の兄は、魂《たましい》

迎《むか》えの宝《たから》を持ち出し、両人の胸《むね》に乗せ、高い声で神々の名前を次々と呼《よ》びならべ、危急を知らせて神々の助けを求めた。

私は薬湯を作り、弟と嫁の口へ入れた。二度三度と揺《ゆ》するうちに、シヌタㇷ゚カの私の妹はわずかであるが、その薬湯を飲んでくれた。続いてイヨチの私の弟も、かすかであるが息をしはじめ、そこへ大勢の召《め》し使いが次から次と集まってきて、みんなでいろいろ手当てをした。

そうこうしているうちに、私は自分の憑《つ》き神に気合をかけ、

「このような苦しい時、私の強い憑き神よ、黙《だま》って見ていいのかい」

私は自分の憑き神にこう問いかけながら助けを求めた。すると私の憑き神である呪《じゅ》術《じゅつ》の神が表へ出て、私の体へ乗りうつり、託宣《たくせん》の言葉が私の口をついて出た。

「天の上の神の国に、竜《りゅう》の神の六人兄妹、男三人に女三人がいて、男三人のいちばん年下は、シヌタㇷ゚カの神の妹に心からほれてしまい、女三人のいちばん年下は、イヨチの人、私の弟にほれてしまった。

そこで二人の竜の神は力を合わせ、ほれた相手の二人に自殺をさせ、死んだら魂を取っていき、神の国で結婚《けっこん》しよう、そのように竜の神の二人は思い、ありもしない幻《げん》覚《かく》を見せた。何を見せたかはっきりいうと、イヨチの若者のお方は、まったく普通《ふつう》の

人なのに、そのちんちんを大きく見せた。そんな幻覚とは露《つゆ》知らず、シヌタㇷ゚カの嫁は、結婚などは夢《ゆめ》のまた夢、そう思って嘆《なげ》き悲しんだ。

一方ではイヨチの若者、そのように見られる自分をまったくもって知るはずもなく、夫婦《ふうふ》の契《ちぎ》りを結ぼうとして、毎夜のように通っていくと、死ぬほどにわめきたてられ、すごすごと戻《もど》っていた。そのような夜が続いたので、嫁は死をも覚悟《かくご》していて、姉のいないそのすきに懐刀で自殺をはかり、それを見ていたイヨチの若者、後を追って自殺をはかり、二人一緒《いっしょ》にこうなったのだ」

そのような託宣が、上半身を振《ふ》りみだした私の口からほとばしった。

この託宣を聞いた私の兄たちは、天の上の神の国にいる竜の神へ、抗議《こうぎ》の言葉を次から次と送っている。

「人間は人間同士、神は神同士で結婚するもの。このままこの二人が、万が一にも死んだとしたら、親子もろとも湿地《しっち》の国へけり落としてくれるであろう。父がいた母がいた、兄妹がいた、それらもともにイワンポㇰナシㇼ（六つ重ねの湿地）の下へ、皆《みな》が追放されるのだ」

私の兄は外へ出て、力足を踏《ふ》みしめながら、諸々《もろもろ》の神に助けを求めた。それと合わせて竜の神へ、何度も何度も文句《もんく》をいった。

そのようにしているうちに、シヌタㇷ゚カのあの妹、イヨチの人、私の弟の背中《せなか》へ通った刀の傷《きず》、それらの傷の治療《ちりょう》をした。どのぐらいかの月日が過《す》ぎ、二人の傷はようやく治り、以前のように元気になった。

あの騒《さわ》ぎがあったあと、シヌタㇷ゚カの兄上とも、ゆっくり酒宴《しゅえん》を開いていないと思った私たちは、たくさんの酒を醸《かも》し、シヌタㇷ゚カの兄上ポンヤウンペ、神なる私の兄上など大勢の神々を招待《しょうたい》し、大酒宴を開いた。その席でも私の兄は、天の上にいる竜《りゅう》の神の仕業《しわざ》を他の神々へ訴《うった》えた。

それを聞いた竜の神は、箱《はこ》にたくさんの宝《たから》を入れて、外の祭壇《さいだん》の脇《わき》へ下ろし、イヨチの人、私の弟への償《つぐな》い物として贈《おく》った。また危《あぶ》なく死にそうになった嫁《よめ》へも、女の宝の玉飾《かざ》りなどの償い物が贈られてきた。

以前と違《ちが》って、若夫婦《わかふうふ》は何の障《さわ》りもなく暮《く》らしている。それを見た私は、自分の敷《し》き物のごみを払《はら》って、ししゅうをした着物を背負い、シヌタㇷ゚カのポンヤウンペ、神であるそのお方のもとへお嫁に行くことになり、いそいそと出かけていった。今では私はポンヤウンペと結婚《けっこん》して、何不自由なく暮らしている。

話はもとに戻《もど》って、ポンヤウンペの妹の話。

シヌタプカで酒を醸すと、わたしたちはわたしの兄であるポンヤウンペと、その妻《つま》であるわたしの夫の姉の招待を受けるが、その時シヌタプカまで歩いていかなければならないといったことだけが、疲《つか》れを覚えることであった。たくさんの子どもが生まれ、子どもたちも大きくなり、神であるわたしたちも今ではすっかり年を取り、もういつでも神の国へ帰れるけれど、神の国へ帰る前に、昔の話を子どもに聞かす。

神であっても人であっても、若い時の恋心《こいごころ》は同じであると思うけれど、神は神と、人は人と結婚するものだよ、とシヌタプカからイヨチの人へお嫁に来た偉《えら》い神がいい遺《のこ》して、神の国へ帰りました。

語り手　平取《びらとり》町中貫気別《なかぬきべつ》　木村こぬまたん

（昭和37年10月4日採録）

解説

これはメノコユカㇻ（女が語る叙事詩《じょじ》）です。ユカㇻ（英雄叙事詩）というものは、普《ふ》通《つう》の場合は男が語るもので、レプニという長さ三〇センチ、太さ三センチほどの棒《ぼう》で軽く炉端《ろばた》をたたきながら、

イレスサーアポー　　私の姉
イレシパヒーイネ　　私を育て
ウラムマアカーネー　　いつものように……。

と男は、一言《ひとこと》、一言長くのばし、ゆっくりと語るものです。それに比《くら》べて女が語るときには、「イレスサポ、イレシパヒネ　ラムマカネ……」と早口でやります。このユカㇻは、ユカㇻの中でも比較的短編《ひかくてきたんぺん》であり、一つの話としてまとまっているので訳《やく》してみました。

ウウェペケレ（昔話）でもそうですが、お嫁《よめ》さんは自分がしじゅうした着物を背負《せお》って、嫁入り先へ行くことになっていて、この話もそうなっています。

ユカㇻの中ですので、胸《むね》の所を刀が突《つ》きぬけても死なずに済《す》み、ちんちんが大きく見えるというのは、別の神の力で幻覚《げんかく》に陥《おちい》らされているのです。

嫁に行く時の常套句《じょうとうく》として、自分の寝《ね》ている所の敷物《しきもの》のごみをバタバタとはらい落として、荷物をまとめて背負っていくというのがあります。この話にもそれが出ています。

原文のアイヌ語は古い形を残しているいい話です。このユカラの古い形といえる部分は、語り手の木村こぬまたんフチ（おばあさん）の語り口調《くちょう》にあるので、和訳の文では意を尽《つ》くすことが大変難《むずか》しいと思います。

この作品を読まれ、本当のメノコユカラを聞かれたい方には、二風谷《にぶたに》へ来てくださればいつでもお聞かせしたいと思います。

■アイヌの民具■マキリ（小刀《こがたな》） 小刀の総称《そうしょう》をマキリといいますが、山行きに持っていく小刀もマキリといいます。刃《は》は少し反《そ》りがあり、両刃《りょうば》です。鞘《さや》はトペニ（イタヤ）やネシコ（クルミ）を削《けず》って作ります。柄《え》から鞘までの長さは二八センチくらい。腰《こし》に下げて持ち歩きました。

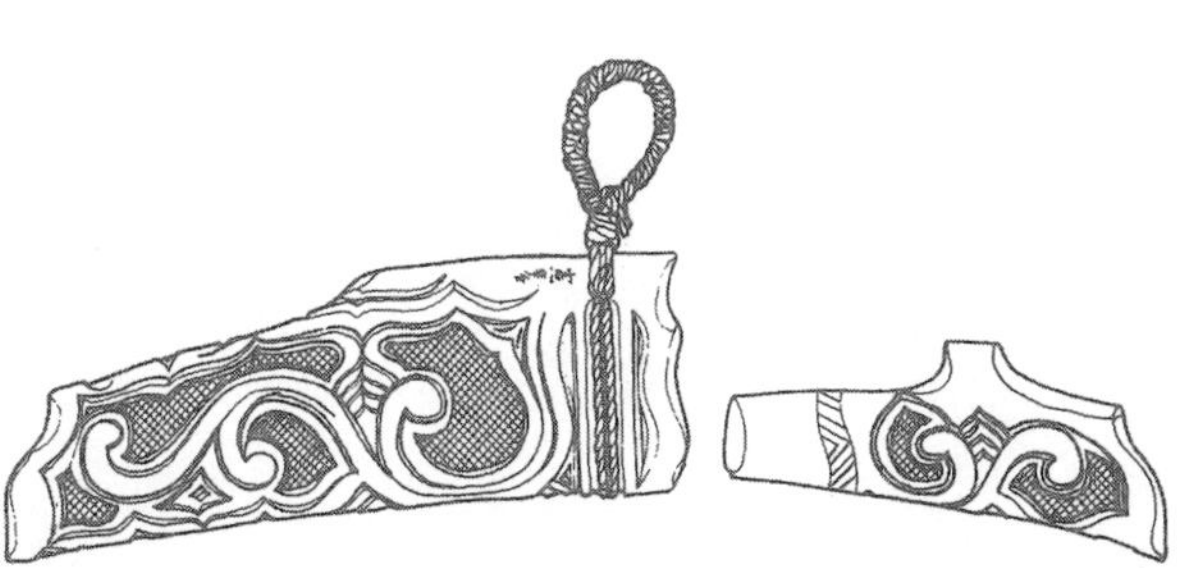

ポンヤウンペへの子守歌

オッホルルルルルオッホへ

私の赤ちゃん　お前が聞きたくて　お前が泣《な》くなら　私がいって聞かせよう

お前の父と　お前の母が　シサム（和人《わじん》）の所へ　交易《こうえき》に　行った時　お前はいまだ赤子《あかご》であって　母の背《せ》に　おぶわれて　行ったその時　陸のカラフト　その沖《おき》を船で通った　それを見た　陸のカラフト　その住人たち　お酒とイナウ（木を削《けず》って作った御幣《ごへい》）で　お前の父を　呼《よ》び止めた　お前の父は　上陸しようと　妻《つま》にいった

お前の母は　それを嫌《いや》がり　沖を目ざして　船をこいだ　父の方は　陸を目ざしてこぎはじめた　こぎくらべの末　母の方が　力で勝ち　しばらくの間　進んでいった　沖のカラフトの　沖を通ると　沖のカラフト　その住人たち　イナウと酒で　お前の父を　呼び止めた　前と同じに　こぎくらべを　したけれど　母の方が　負けてしまった

沖のカラフトへ　上陸すると　お前の父は　毒酒を　飲まされて　ふらふらに　酔《よ》ってしまい　酒の勢いで　いった言葉は　沖のカラフト　大地とともに　住んでいる

人々まで　全部まとめて　買ってやる

そういうと　反対に　いわれた言葉は　お前の船　船の魂《たましい》の　宝《たから》とともに　買って

やろうと　沖のカラフト　その住人が　お前の父へ　いい返した

その話が　けんかのもと　斬《き》り合いの　原因《げんいん》に　広がった　お前の父は　毒酒のために　酔っていて　あっという間に　斬り殺された　それを見た　お前の母は　夫の武具《ぶぐ》に　お前を包み　この国土　アイヌの国土　シヌタプカという　平原の丘《おか》　そこを目ざして　投げよこしながら　いった言葉は　次のような　言葉であった

私の夫が　祭った神や　拝《おが》んだ神が　大勢おられる　その神のうち　どの神かが

この赤子を　受け止めて　ほしいものだ　そうすると　私の夫　その血統《けっとう》が　その魂が　絶《た》えることなく　続くであろう

投げ飛ばされた　赤子のお前は　飛んできて　お前の父の　その居城《きょじょう》　シヌタプカの　城《しろ》ふところへ　入ったのだ　その時に　城にいたのは　かくいう私　貧乏《びんぼう》おば　召《め》し使いおばの　私なのだ　お前を受けた　その日から　お前を育てる　そのために　思いも千々《ちぢ》に　乱《みだ》れながら　思いも千々に　もつれながら　今が今まで　育ててきた

お前を育てた　その原因を　聞きたいと思い　このように　夜も昼も泣くのかい

そのように私がいうと　今までシンタ（揺《ゆ》すり台）の上で泣きわめいていた子どもが　さっとシンタから飛び降《お》りて　おば上よ　今いった言葉は本当かい　うそではな

いかい　と私に聞いた　うそではない本当の話だと私がいった

語り手　平取《びらとり》町荷《に》負本村《おいほんそん》　木村うしもんか

（昭和36年10月28日採録）

解説

この作品と次の『子どもと家出』は、イヨンノッカ（子守歌）です。イヨンノッカについては、22ページの解説をごらんください。アイヌの社会では、化け物でも、そのものの氏《うじ》と素性《すじょう》を暴《あば》くと、正体《しょうたい》を現《あらわ》すか退散《たいさん》すると信じられていました。この場合は泣《な》く子に本人の生い立ちを言い聞かせると、シンタ（揺《ゆ》すり台）からぱっと降《お》りる。そして本当かとおばに聞き返すあたりが、子守歌の子守歌らしい由縁《ゆえん》になっています。

陸のカラフト、沖《おき》のカラフト、シヌタㇷ゚カというユカㇻ（英雄叙事詩《じょじ》）に必ず出てくる地名など、ポンヤウンペというユカㇻの主人公の少年英雄《えいゆう》の少年時代というより、幼少《ようしょう》のころの物語に聞こえます。

この子守歌も、冒頭《ぼうとう》をアイヌ語で記しておきます。

オッホルルルルオッホへ
　タパンクコロシ　　私の赤ちゃん
オッホルルルルオッホへ
　エヌルスイクス　　お前が聞きたくて
オッホルルルルオッホへ

エチシペネクス　お前が泣くなら

となり、このあやす言葉も、とくに意味はありません。

■アイヌの民具■チェプケリ（サケ皮靴《くつ》）　チ（われら）、エプ（食うもの）、ケリ（靴）で、魚のサケの皮で作った冬用の靴です。作り方は、皮を水で洗《あら》い、四、五日間干《ほ》し、完全に乾燥《かんそう》させます。それを靴に作る時、またぬるま湯につけて、柔《やわ》らかくします。背《せ》びれ部分が靴の底になるようにして床《ゆか》の上に広げ、尾《お》びれの方にかかとがくるように足をのせます。つま先から順に足に合わせ、足の甲《こう》にかぶせ、甲には別の皮を覆《おお》いかぶせ、底と甲とをツルウメモドキの糸で縫《ぬ》い合わせてでき上がりです。靴の中には草を敷《し》きますが、滑《すべ》りやすく、足が冷たいので、実際にはシカ皮の靴を多く履《は》いたようです。

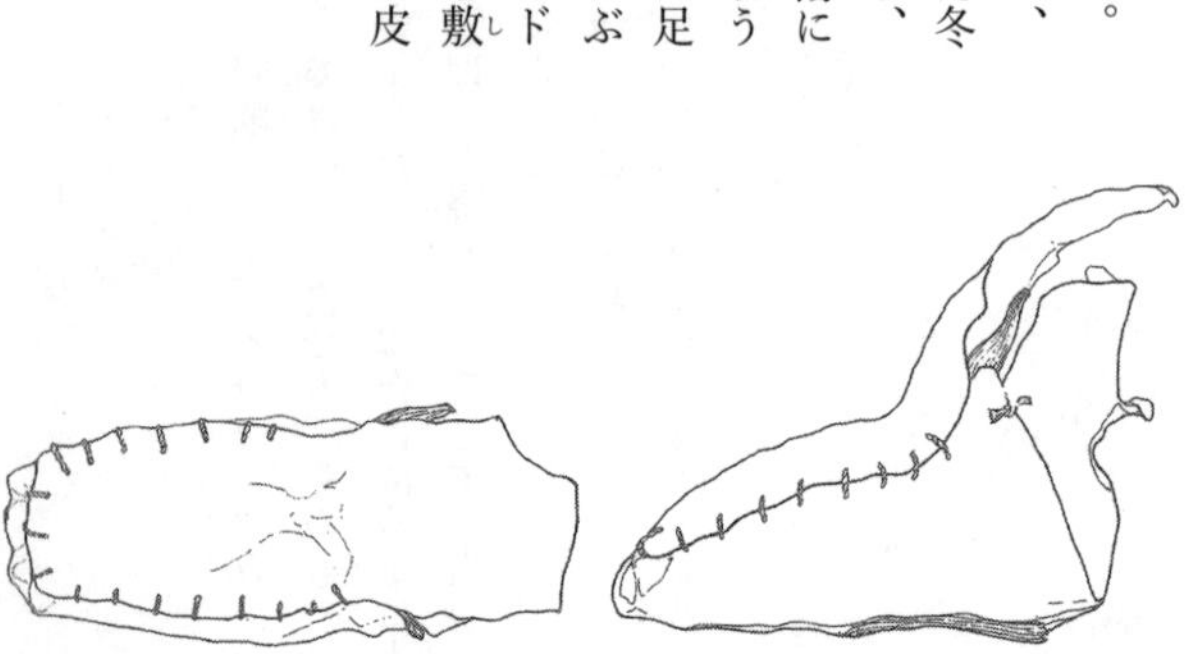

子どもと家出

ホ

イヤアハオーハオ

どうして泣《な》くの　聞きたくて　お前が泣くなら　聞かせてあげよう　その様子は大平原に　半分神で　半分人間　お前の父が　いたのであったが　たくさんのシカたくさんのクマ捕《と》っていた　そのように　暮《く》らしていた　ある日のこと　交易《こうえき》のため　沖《おき》の国へ　行ってしまい　帰る予定の　日になっても　なかなか来ない　なかなか来ない　そうしてから　ようやくのこと　来てみたら　首の長い　足の長い　六人の女を　連れてきた

それらの女が　どうしているか　見ていると　耳もとまで裂《さ》けた口に　笑《え》みをたたえ　神である　あなたの父を　見つめてばかり　いるものだから　狩《か》りにばかりも行こうとせず　おしまいに　食べ物が　まったくなくなり　そのことに　腹《はら》を立てた　わたしは　お前を連れて　この場所へ　家出をして　きて暮らした

背中《せなか》で負うほど　物がないので　腕《うで》の中へ　抱《かか》えるほど　わずかの小魚　食べている　わたしのあとで　六人のめかけ　窓《まど》や戸へ　シカの皮を　広げて掛《か》け　食べ物がまったくないので　けんかばかり　争いばかり　しているそうだ　あなたの父は骨《ほね》と皮に　やせ細って　いると聞いた　それを聞きたく　お前は泣いて　いるのか

い

ホイヤアハオーハオ　ホイヤアハオーハオ

語り手　平取町《びらとり》去場《さるば》　鍋沢ねぷき

（昭和36年9月30日採録）

解説

泣《な》く子に、その子の生い立ちを聞かせると泣きやむものだ、といわれていました。この子守歌も、それにかこつけて作られたものでしょう。父親が交易《こうえき》に行き、六人の女を連れてきて、食うにも困《こま》り、母親が子どもを連れて家出をしてきたわけです。父親の姿《すがた》が哀《あわ》れに歌われていいます。話の舞台《ぶたい》は、シヌタㇷ゚カ（大平原）というユカㇻ（英雄叙事詩《じょじし》）の中に出てくる地名がみえますが、ユカㇻの主人公ポンヤウンペは歌の中には出てきません。

この子守歌の冒頭《ぼうとう》をアイヌ語で書くと、

ホイヤアハオーハオ
ネペチシカラヤ　　どうして泣くの
ホイヤアハオーハオ
エヌルスイクス　　聞きたくて
ホイヤアハオーハオ
エチシペネクス　　お前が泣くなら

となり、必ずあやす言葉が入るのが特色《とくしょく》で、カムイユカㇻ（神謡《しんよう》）のサケへと似《に》ています。これは歌により言葉が違《ちが》いますが、サケへ同様、言葉の意味はとくにありません。

沙流川《さるがわ》地方の子守歌は、多くの場合、孫の子守をするフチ（おばあさん）が歌ってくれて、シンタ（揺《ゆ》すり台）を揺り動かしながらのシンタスイエイヨンノッカ、背中《せなか》に赤ちゃんをおぶって歌うヘカチコアㇷ゚カㇱイヨンノッカなどがあります。子守歌は即興《そっきょう》詩ですので、その数はどのくらいあるかわかりません。

鍋沢ねぷきフチが聞かせてくれた昔話や子守歌は、皆《みな》すばらしく、たくさん採録《さいろく》しました。

■アイヌの民具■チポロニナㇷ゚（筋子《すじこ》つぶし）

昔、沙流川でサケがたくさん捕《と》れました。豪華版《ごうかばん》の筋子料理は、サケ三本分の筋子を、チポロニナㇷ゚でよくすりつぶし、ゆでてすりつぶしたジャガイモとよく混《ま》ぜたものです。チポロニナㇷ゚の材料はランコ（カツラ）。

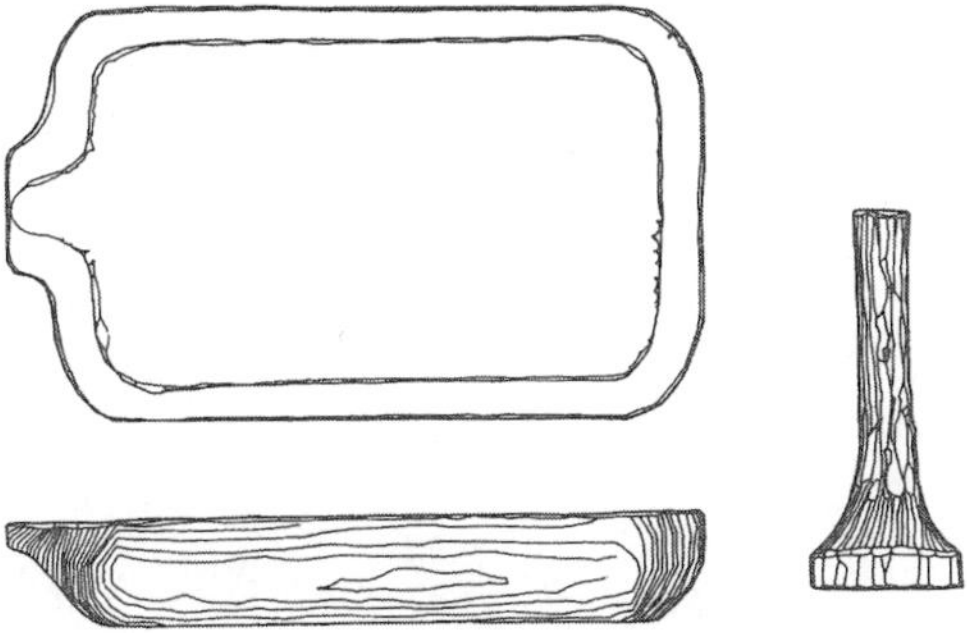

◆アイヌの民具　図版索引

※『アイヌの民具』萱野茂（すずさわ書店）より転載

萱野　茂（かやの　しげる）

一九二六年北海道沙流郡平取町二風谷に生まれる。小学校卒業と同時に造林・測量・炭焼き・木彫りなどの出稼ぎをして家計を助ける。一九五三年アイヌ研究者某に家のトゥキパスイ（捧酒箸）を持ち去られたことが動機となって、アイヌ民具の収集・保存・復元・研究に取組み、一九七二年、収集した約二〇〇〇点の民具で「二風谷アイヌ文化資料館」を結実させる。

アイヌ語研究の第一人者で、アイヌ語を母語とし、祖母の語る昔話・カムイユカㇻを子守歌替りに聞いて成長。一九六〇年からアイヌ語の伝承保存のため、町内在住の古老を中心にアイヌの昔話・カムイユカㇻ・子守歌等の録音収集を始める。一九六一年、金田一京助のユカㇻ研究の助手を務めた。一九七五年、『ウエペケレ集大成』で菊池寛賞、一九七八年、北海道文化奨励賞受賞。一九八三年、二風谷アイヌ語塾を開設、塾長として地域の小・中学生を指導。一九八九年、第二十三回吉川英治文化賞受賞。二〇〇六年、没。

著書『ウエペケレ集大成』『おれの二風谷』『炎の馬』『アイヌの碑』『ひとつぶのサッチポロ』『二風谷に生きて』他多数。

ブックデザイン　鈴木千佳子
イラストレーション　千海博美
DTP　千秋社
校正　内藤栄子
編集　綿ゆり（山と溪谷社）

アイヌと神々の謡　カムイユカラと子守歌

二〇二〇年九月一日　初版第一刷発行

著者　萱野 茂
発行人　川崎深雪
発行所　株式会社　山と溪谷社
郵便番号　一〇一―〇〇五一
東京都千代田区神田神保町一丁目一〇五番地
https://www.yamakei.co.jp/

■乱丁・落丁のお問合せ先
山と溪谷社自動応答サービス　電話〇三―六八三七―五〇一八
受付時間／十時～十二時、十三時～十七時三十分（土日、祝日を除く）
■内容に関するお問合せ先
山と溪谷社　電話〇三―六七四四―一九〇〇（代表）
■書店・取次様からのお問合せ先
山と溪谷社受注センター　電話〇三―六七四四―一九一九
ファクス〇三―六七四四―一九二七

フォーマット・デザイン　岡本一宣デザイン事務所
印刷・製本　株式会社暁印刷
定価はカバーに表示してあります

Printed in Japan ISBN978-4-635-04890-3